KB231166

발
치
한

행
복

발칙한 행복

초판 1쇄 인쇄   2010년 08월 05일
초판 1쇄 발행   2010년 08월 10일

지은이 | 유영희
펴낸이 | 손형국
펴낸곳 | (주)에세이퍼블리싱
출판등록 | 2004. 12. 1(제315-2008-022호)
주소 | 157-857 서울특별시 강서구 방화3동 316-3 한국계량계측회관 102호
홈페이지 | www.essay.co.kr
전화번호 | (02)3159-9638~40
팩스 | (02)3159-9637

ISBN 978-89-6023-409-3 03810

이 책의 판권은 지은이와 (주)에세이퍼블리싱에 있습니다.
내용의 일부와 전부를 무단 전재하거나 복제를 금합니다.

발칙한 행복

유영희 지음

ESSAY

작가의 말

발칙한 여자

개장을 이틀 앞둔 위도 해수욕장은 어스름 어둠이 내리는 시각부터 완전히 우리 차지였다. 몸을 부린 봉고차 외에는 문화의 혜택을 누릴 것이 그 무엇도 없어, 멍하니 누워 있는 남편이 꽤나 심심해 보였다. 랜턴에 불을 밝혀놓고 퇴고를 하다가 남편에게 몇 편을 읽어주었다. 남의 집의 해괴한 사건들 앞에서 남편은 숨이 넘어가도록 웃는다. 이제는 고백을 하고 용서를 빌어야 할 때라는 생각이 들었다.

"우리 집 사건 하나 읽어줄까?"

즐거움의 물결 속에 몸과 마음을 묻고 있던 남편이 반색을 한다.

"대신 조건이 있어. 첫째, 듣고 나서 절대로 마누라를 패는 일 없기. 둘째, 나를 무조건 용서해줄 것."

무슨 황당한 사건이냐는 투로 남편은 아내가 읽어주는 이야기에 귀를 기울였다. 이 책 본문에 나오는 '고백(절대 비밀)'을 읽어 나가는데 절반도 안 듣고 남편은 몸을 벌떡 일으켜 마누라를 패기 시작했다. 패는 것만으로는 부족한지 소리를 지르며 꼬집고 난리도 아니다. 반은 억울함이, 반은 어이없는 웃음이 섞인 남자의 몸짓을 보며 웃음에 지쳐 몸을 가누기가 힘이 든다.

"지금까지 의문이었다니까. 차가 그렇게 심하게 흠집이 났는데 도무지 기억이 없다는 게 말이 안 되더라고."

죽을 때까지 가슴에 묻으려 했던 사건은 책을 내면서 알려져 버렸다. 자신의 실수를 남편에게 덮어씌워 놓고 몇 년을 뻔뻔하게 살다가 필요에 따라 자수한 난, 분명 발칙한 여자다.

발칙한 여자의 레이더에 걸려 삶의 한 조각을 자신의 의지와는 상관없이 이곳에 분양하게 된 모든 주인공들은 내 삶의 가해자다. 울어야 마땅한 삶을 발칙한 웃음으로 바꿔놓은 가해자들……. 또한 그들은 내 웃음을 위한 피해자들이다. 함몰되지 않으려는 몸부림은 웃음으로 변형되어, 꺼리만 있으면 웃음 생성의 밑거름으로 삼았으니 말이다. 나는 그 모든 피해자와 가해자들이 환장하게 좋다. 절묘하게 잘 맞물려 돌아가는 나와 너라는 톱니를 어찌 좋아하지 않을 것인가.

소박한 사람들의 소박한 웃음을 모았기에 서문 역시 소박한 사람들의 말을 모았다. 좀 더 솔직하게 표현한다면 책 속에서 몇 꼭지씩 주인공이 되었거나, 내 블로그에서 지독한 안티 노릇을 하는 이들의 말을 모았다는 것이 옳을 것이다.

발칙한 여자의 발칙한 웃음은 어제도 오늘도 그리고 내일도 이어질 것이다. 슬픔은 시간이 지나면 그 무게와 색깔이 흐려지지만, 웃음은 세월이 지나도 변질되지 않는다는 진리를 깨달았기 때문이다.

올해가 저물 즈음 내 삶의 커다란 변화를 몰고 올 태중의 손자를 위해 또 하나의 예쁜 웃음꽃을 준비해본다.

2010년 7월
유영희

차례

 한날, 한시에 어른 된 사이

발치한 행복

4부 고통을 동반한 개그

발
칙
한

행
복

그녀, 유영희를 말하다

그녀가 있어 세상은 행복하다

김의관(블러그지기 해인)

"책을 하나 낼라는데 서평을 좀 써주야겠소."

"그걸 와 나한테 그라능교?"

하 엉뚱한 인물이라 무슨 일이랴 하여 물어보니 세간에 허접한 소리들을 묶어 책을 낸다며 책 말미에 거는 서평을 좀 쓰란다. 잘은 모르지만 서평이란 게 기성작가나 유명 인사를 초대하여 작품 평가나 격려의 말씀을 싣는다는 것인데, 그게 나님이 적격이란다. 살다 살다 소도 웃을 희한한 청도 다 들어본다.

"그게 와 나가 적격이요?"

"너님이 나님의 최대 안티잔우?"

안티! 그것도 최대 안티란다. 이제 지 책 독자들을 규합하여 저놈이네 하며 태질이라도 칠라고 그런가? 복수의 활극?

'허기사 씹는 맛도 그런대로 솔찬했지라. ㅎㅎㅎㅎ.'

『남편의 외박을 준비하는 여자』에 이어 『자장면과 짬뽕 사이』라는 수필집 두 권을 내고 이번엔 또 무슨 엉뚱한 책을 낸다고 나 같은 지게꾼 삼류에게 도움을 청하는지……. 그 양반 넉살로 보면 두서없이 일을 저지르고도 남는다.

모 문학 카페에서 처음 만난 그녀. 약간 비릿한 비음의 목소리에 '아~! 나한테만 저러시겠지.' 했었는데 나중에 알고 보니 콧구멍 평수가 작아서 그렇다는……. 지난 사실을 적시하자면, 몇 해 전에 교통사고를 당해 그 낮은 콧등이 처오촌 산소 내려앉듯이 내려앉았다. 기회를 잡아

그걸 좀 높여볼라고 했다가 도저히 견적이 안 나왔다는 것은 만인이 다 아는 사실인데도 모 지인의 샤론 스톤 닮았다는 소리에 여태 샤론 스톤으로 살아간다.

성실하고 책임감 강하고 넉살 좋은 철수 씨와 엘리트 중의 엘리트인 두 아들과 예쁜 메눌아가의 보호 아래 참으로 편하게 살아도 될 영희 씨다. 그런데 그녀는 그렇게 살지 않는다. 자신도 1급이라는 고급 장애를 안고 살면서도 전북여성장애인연대를 이끌며, 소외되고 낮은 곳으로부터 빛과 소금이 되어 희망과 행복의 밀알을 키워 나간다. 그리고 그의 주위엔 항상 웃음과 해학이 넘친다. 그냥 웃어주는 웃음이 아니라 이유 있는 웃음이다. 그런 그녀가 있기에 이웃은 행복하고 그녀가 있기에 사회는 따뜻하다 .

죽을 때까지 동행해야 하는 류머티즘 관절염으로 인한 통증 속에서도 그녀의 하루하루는 늘 충만하다. 이제 쉬어도 될 망륙의 세월이 아니던가. 그녀에겐 어디서 그런 힘이 나는 것일까? 오기일까? 명예일까? 아니면 죽음 직전에서 살아 돌아온 세상에 대한 감사일까? 독실한 신앙심일까? 갈대는 약하다 하였지만 부러지지는 않는다. 불편한 몸이 잠시 휘청거릴 뿐이지만 부러지지 않는 여자다.

아무도 내일을 기약할 수 없는 삶. 내 생명의 주인은 내가 아님을 전하며 주어진 오늘에 최선을 다하겠다는 작은 다짐을 그녀에게서 듣는다. 내가 사는 오늘이 어제 죽은 자가 그토록 갖고 싶어 하던 내일이라지 않던가. 그래서 그녀는 오늘도 열심히 살았다. 내일도 또 다른 오늘을 살아갈 것이다. 그녀에게 무한한 찬사를 보낸다.

나이를 벗어던진 여자

홀로(블러그지기)

작가는 뻔뻔하다. 누군가가 어슴푸레한 조명 아래서 얼핏 본 이미지를 보고 샤론 스톤을 떠올렸었나 보다. 그런 이야기를 전달받은 사람이 하필이면 작가와 무척 가까운 지인이었던지라 곧장 본인의 귀에 들어가게 되었다. 외모에 늘 주눅이 들어 있었음이 분명한 작가에게는 뜻밖의 복음이었을 것이다. 복음은 전파를 하므로 기쁨이 배가된다는 사명감에 작가는 충실하였다. 너무나 황당한 이야기에 웃던 지인들에게서, 기어이 아무런 거부감도 없는 애칭으로 부르게 할 정도가 되었으니 뻔뻔함이 어느 정도인지 짐작이 갈 것이다. 멀리서 자신을 방문하였던 지인에게 기어이 통행세를 울궈 냈다든지, 걸핏하면 억지를 부려 500원씩 갈취한다는 소식은 작가가 지닌 뻔뻔함의 미미한 징표에 불과하다.

작가는 상황의 본질을 꿰뚫는 것에 예민하기 짝이 없고, 보여진 진실을 들추어내는 것에는 거침없고 대담하며 태연하기 짝이 없다. 작가 앞에서 괜히 체면을 세우려고 어설픈 짓을 하다가는 낭패를 당하기 십상이다. 독실한 신앙인인 작가가 전해주는 교회 내에서의 에피소드를 읽다보면 그 대상에 제한이 없음을 쉽게 알 수 있다. 사람들이 입고 있는 온갖 신분과 명분의 옷들이 얼마나 무의미한 가치를 지녔는지, 그 옷들을 벗었을 때 얼마나 자유롭고 화목하게 소통할 수 있는지를 여성장애인단체를 이끌면서 몸소 보여주기도 한다.

독자들이 이 작품집을 읽고 혹 흥미를 느껴서 만나게 되면 조심해야 할 사항이 있다. 함께 국수를 먹게 되면 입에 물린 국수가 걸쳐진 그릇을 끌어당기는 작가의 손길에 따라 어정쩡하게 끌려가야 하는 사태를 조심하여야 할 것이고, 뜬금없이 과잉 친절을 베풀어 커피를 타 준다고 하면 설탕 대신 소금을 넣지는 않는지 주의하여야 한다. 혹시 횟집에서 회를 먹다가 쌈을 싸주는 친절을 받을 때는 쌈 안에 든 내용물에 와사비가 세 스푼쯤 들어 있지 않는지, 혹은 땡초나 마늘만 잔뜩 들어 있지는 않는지 필히 확인하여야 할 것이다.

그러나 이런 주의는 아무런 소용이 없을 것이다. 마주 앉아 겪는 작가의 거침없는 푼수 끼는, 사람으로 하여금 방심하지 않을 수 없게 한다. 작가에게는 그런 매력이 있다. 그렇게 방심하다가 일러준 상황을 겪게 되면 당황하지 말고 그 순간의 작가의 표정을 유심히 살펴보라는 권고를 하고 싶다. 아마도 태연한 척하면서도 묘한 표정으로 눈동자를 굴리는 작가를 보게 될 것이다.

나이와 신분과 명분을 훌훌 벗어던진 여인이 저지르는 온갖 푼수 짓에 더불어 웃다가도, 우리네 삶이 주는 허허로움과 그 허허로움을 메우고 싶어 하는 인간의 몸부림을 눈치 채는 건 독자의 몫이 될 것이다.

말은 뾰쪽하지만,
있는 그대로 사랑하는 데에 있어서만큼은
도사인 친구에게

이영주(시인, 법학박사)

  우리는 살아가면서 운명의 흐름에 자신을 맡기고, 모두가 그렇게 겪어야 할 현실인 것처럼 스스로 일반화시켜 간다. 마치 잃어버린 개를 찾는 광고처럼, 햇빛에 바래고 비에 젖었다 마르면서 그렇게 우리는 퇴색해 간다. 어떤 절실함과 절박함도 드러내지 못한 채 말이다. 그런데 잃어야만 했던, 청춘을 닮은 감정과 삶의 뜨거운 호흡을, 그 부유하는 이미지들로 가득한 환상 같은 현실을 재현해 내겠다니 역시 친구답다. 세상에 대해 소리를 낼 수 없는 우리들의 존재에 대한 증거이면서도, 사실 그 자체가 환상이 되어버리는 기묘한 모순을, 눈빛이 맑아 말이 뾰쪽한 유영희라는 친구를 통해서 경험하게 될 것 같다. ~^&^~

그녀의 말은 뾰쪽하다

그녀의 말은 뾰쪽하여
아무데나 쑤시고 들어온다.
논리에 전혀 맞지 않아도
말이 뾰쪽하므로 기워 붙여놓곤
"봐라, 맞잖아."

때론 침묵도 쑤셔서
만신창이를 만들기 일쑤다.

그녀는, 말들이 스스로
쑤시고 찌르는 즐거움을
만끽하고 있음을 눈치 챈 것이다.
그런 송곳 같은 말을, 혀에
뾰로통하게 붙여버린 그녀
몸은 이길 수 있으나
혀는 이길 수 없다.

오늘도
그녀의 말은 산란기다.

웬수의 변론(辯論)

송정화(여고 친구, 애칭 웬수)

작가 자신과 주변의 푼수 행각을 모아 책을 낸다고 한다. 작가의 푼수 행로에 절대적인 동참자가 인사 한마디 없으면 안 된다고 협박을 하니 글쓰기와는 거리가 먼 처지로서 참으로 난감하다. 친구의 명령에 불복했다가는 감당해야 할 후환이 두려우니 솜씨가 없다는 타령만 하고 있을 처지도 아닐뿐더러, 그동안 자신의 입장에서 자신에게 유리하게만 서술된 사건들이 억울하여 어려운 결정을 하였다.

작가와 나는 고교동창생으로 30년 지기다. 학교를 졸업한 후 동기들 사이에서는 친구가 이 세상 사람이 아니라는 소문이 났다. 그랬던 친구가 상상조차 하지 못했던 모습으로 차에서 내릴 때를 잊지 못한다. 나는 놀랍고 당황스러워 말문이 막혔다. 학급실장에다가 운동까지 하여 60킬로그램의 체중을 자랑하던 친구가 39킬로그램의 몸무게로, 서 있는 모습만도 위태하게 보일 정도였으니 어찌 당황하지 않았겠는가?

"너, 죽었다더니 살아 있었냐?"

문득 튀어나온 말에 스스로 놀라 멍하니 쳐다보는데 친구는 웃으며 태연하게 대꾸했다.

"안 죽고 살아 있어서 미안하다."

그렇게 시작된 우리의 우정은 이내 싸가지를 깔아뭉개는 사이가 되었다. 200원짜리 자판기 커피를 먹기 위해 택시를 탔고, 노래방 문이 열리기도 전인 아침 열 시에 가게 앞 계단에 쪼그려 앉아 주인이 나오기를 기다리기도 했다. 비가 오면 비가 와서 웃었고, 눈이 오면 눈이 와서 웃었다. 제 깐에는 심각히 여기는 일들도 종내는 생각의 회전이 부족한 데서 오는 멍청함에 불과함을 깨달았다. 친구의 그 띨띨함에 우리는 또 웃었다. 그렇게 웃다보면 울어야 마땅한 상황들은 별거 아닌 일이 되곤 하였다. 서로가 가장 힘든 시기의 삶을 살면서, 가장 많이 웃을 수 있었고, 그 웃음이 힘든 삶을 견디는 묘약이 되었던 것 같다.

바늘과 실처럼 붙어 다니며 돈키호테 같은 짓을 골라하다 보니 혹여 하나가 안 보이면 사람들은 고개를 두리번거리며 보이지 않는 한 사람의 안부를 묻는다. 암 수술을 받았던 내 경력을 입 도마에서 요리하여 친구는 나를 암적인 존재라 떼어놓고 왔다고 거침없이 광고한다. 나는 겨우 떼어낸 암 덩어리가 다시 생겨날까봐 혼자 왔다고 한다. 친구의 류머티즘이 암으로 전이되었다고 생각하기 때문이다. 20년 동안 친구의 아픔과 푼수 짓을 지켜보며 심한 스트레스를 받았는데 어찌 암인들 발병하지 않았겠는가. 그런데도 작가는 자신을 구박하는 재미가 없었다면 나의 삶이 얼마나 심심했겠느냐며 도리어 보상을 요구한다.

납작한 코는 자랑거리요, 양쪽의 광대뼈를 굴하지 않는 자존심의 상징으로 삼아 살아가는 친구가 글을 쓰고 봉사활동을 하면서 많이 건강해졌다. 나는 그런 친구가 너무 사랑스럽다. 친구가 풀어놓는 웃음이 독자들에게도 전이되어 모두에게 사랑받는 작가가 되기를 간절히 기도한다.

황당한 여자, 유영희

나영은(수필가)

 유영희, 정말 내 인생에 도움이 되지 않는 인사입니다. 책을 내는데 이번에는 자기가 웬수라고 지칭하는 친구들의 말을 서문으로 올린다나요? 수필집을 두 권이나 냈고, 전북여성장애인연대 회장이라는 타이틀을 단 제법 지명도 있는 친구의 실체를 밝히기 위해 설사 내 잇몸이 나갈지라도 거절하면 후회할 것 같아 입을 벌렸습니다.

 처음 그녀의 글방을 알았을 때, 몸만 성치 않은 것이 아니라 뇌구조에도 문제가 있는 여자라고 생각했습니다. 마흔 중반을 넘긴 여자가 남편이 퇴근할 시간에 맞추어 장롱 속으로 숨질 않나, 날아다니는 파리를 자신이 키우는 애완동물이라는 등 도저히 제정신으론 할 수 없는 이야기를 읽을 때마다 그녀에 대한 궁금증이 커져 갔습니다.

 어느 날, 유영희가 내게 말을 걸었습니다. 가슴 설레는 순간이면서 한쪽으로는 경계의 마음을 늦출 수 없었습니다. 나와는 정신세계가 완전히 다른 사람이라 그녀가 하는 말마다 진심인지 아닌지 구분하기가 힘이 들었습니다.

 "나 같은 착한 친구를 둔 네가 너무 부러워. 넌 참 행복한 사람이야."

 지금 이런 말을 들었더라면 유연하게 받아넘겼을 텐데, 그때는 정말 황당하고 어이가 없었습니다.

 나의 인생은 유영희가 말을 건 순간부터 180도 달라지기 시작했답니다. 살림이나 하던 어수룩한 여인을 지금 이 지경까지 만들어놓았으니 그 죄가 참 무겁다는 생각이 듭니다. 그녀가 아니었으면 글을 쓴다고 머리 아프지 않아도 되었을 것입니다. 그녀가 아니었으면 이 나이에 공부한다고 날뛰지 않았을 테고, 그랬으면 지금 논문 때문에 정신없어 하지 않아도 되었을 테고, 삶이 얼마나 평탄하고 순박했을지 생각하면 억울하기만 하답니다.

"미인박명이라는 말을 듣고 새삼스레 가슴이 아팠다. 내 타고난 미모로 인해 갈 날이 이젠 얼마 남지 않은 것 같아."라는 뜬금없는 말에 어이없어질 무렵, 나는 유영희에게 반기를 들기 시작했습니다. 그러자 자신의 안티그룹, 즉 '웬수' 대열에 저를 세웠습니다.

안티라는 것이 어찌 보면 자신의 유명도를 나타내는 하나의 잣대라는 생각이 듭니다. 평범한 우리네에게 뭔 안티 운운할 일이 있겠습니까? 유영희는 스스로 안티를 생산하면서 자신이 그만큼 우월하다는 것을 나타내고 싶었던 게지요. 요즘도 그녀의 블로그에는 수많은 안티들이 드나듭니다. 나처럼 무딘 사람은 당연하거니와 제법 똑똑한 분들도 그 마수에 걸리기만 하면 팬이 됩니다. 하지만 시간이 지날수록 순수하던 팬들이 서서히 '웬수' 대열로 전환되는 걸 보면 아이러니가 아닐 수 없답니다.

한 세상을 살다 가면서 유영희처럼 많은 '웬수'를 가진 이도 드물 것 같습니다. 이상한 것은 많은 팬들이 '웬수'로의 변화를 싫어하지 않는다는 것입니다. 어쩌면 유영희의 마음에 자리한 '웬수'의 존재는 '내 사람'이라는 느낌이 아닐까 하는 생각이 듭니다. 은근히 안티를 동원해서 자신의 존재를 느끼고, 그러면서 자신의 사람을 끝까지 챙기는 아주 지능적인 사람인 것은 틀림없지만, 솔직히 저는 유영희의 그 '웬수'가 부럽습니다.

유영희의 삶이 언제까지나 '웬수'들과 함께하기를 기원합니다.

1부 한날, 한시에 어른 된 사이

같이 잔 남자

주일예배 봉헌시간, 가운을 입은 한 남자가 봉헌함을 들고 강대상 앞에 서 있다. 목사님 손에 광고 사항을 건네주고 다소곳한 모습으로 한쪽에서 봉헌기도가 끝나기를 기다리고 있었다. 기도가 끝나자 근엄하고 고상하며 점잖은 걸음으로 자신의 자리로 돌아갔다. 그 남자가 자리에 앉기까지 가만히 지켜보고 있는데 볼수록 근사하다. 성가대석에 앉아 있던 대원들 역시 그런 남자의 모습을 지켜보고 있었다.

광고시간. 연말이 가까운 탓인지 각 기관에서 알리는 광고가 많았다. 바로 옆에 앉은 젊은 여 집사 쪽으로 고개를 기울이며 조용히 말했다.

"나, 아까 봉헌했던 남자 아주 잘 안다."

무심히 주보를 살피던 여 집사가 눈을 동그랗게 뜨고는 좀 전의 남자를 다시 바라봤다.

"그래요? 전 처음 보는 얼굴인데, 어떻게 아시는데요?"

"응~~!! 나 지난밤 저 남자랑 같이 잤거든."

젊은 여 집사는 몹시 의아하다는 표정으로 나를 바라봤다. 뭔가에 두들겨 맞은 듯 뻥한 얼굴이 잠시 후 '쿡!' 하는 웃음으로 터졌다. 주보를 다시 살펴 이름을 확인하더니

"아까 그분이 철수 집사님이세요?"

"그래."

주보에 적힌 남자의 이름 한 번 보고, 지난밤 같이 잤다는 남자 한 번 보고는 웃음을 못 참아 킥킥대더니

"글에서 그렇게 많이 등장한 착한 남편이 저분이셨구나!" 했다.

"착한 남편 좋아하네. 접대용 발언도 모르냐?"

예배가 끝나고 그날 불렀던 찬양을 함께 부르고 있는데 옆에 있던 여 집사가 느닷없이 나를 마구잡이로 팼다.

"어후~! 유 집사님이 김** 집사님을 무지 잘 안다고 하잖아요. 어찌 아냐고 했더니, 글쎄 지난밤 같이 잔 남자라고 그러잖아요. 정말 깜짝 놀랐어요."

참나! 난 틀린 말 하나도 안 했는데 왜들 웃고 난리인지……. 내가 내 남편이랑 같이 잤다는데 그게 그렇게 우습고 특별한 일은 아니잖아?

결혼기념일에

남편과 한 이불을 덮기 시작한 지 28년째를 맞는 기념일 아침이다. 감기 몸살로 어제 링거까지 맞고도 팅팅 부은 얼굴에 통제 불능인 몸뚱이로 일어나지도 못하는 아내를 향해 남편이 사과를 한다.

"미안해~!! 정말 미안해!!"

"뭐가 미안하다고 그러는데?"

영 편치 않은 몸 상태는 평소에 띨띨한 머리를 더 띨띨이로 몰아가는지 미안타고 말하는 남자의 속내를 짐작할 수 없다.

"28년이나 같이 살아서 미안하다고~~."

"으응~! 그건 그래. 당신은 당연히 미안하게 생각해야 혀."

결혼기념일 날, 눈 뜨자마자 나누는 어미 아비의 대화를 곁에서 듣던 큰아들은 어이없다는 웃음만 흘린다.

명색이 결혼기념일인지라 다소 점잖은 멘트를 날려보았다.

"28년 동안 병든 아내 업고 걸어오느라 많이 힘들었지?"

"아니, 나보다 당신이 더 힘들었지."

"험하디 험한 길을 걸어오면서 나란 여자를 선택한 거에 대한 후회는 없었어?"

"당연히 없지이~~~~~!! 단 한 번도 없었당게."(강한 부정이 어째 거시기하다.)

"난 당신이란 남자를 선택한 거에 대해 후회 엄청 많이 했다. 지금도 그렇고."

"왜에?"

"내가 당신을 선택하지 않았다면, 적어도 평생 마누라 병수발을 해야 하는 짐은 안 지고 살았을 거잖아."

처음에는 폼 잡아보려고 말을 꺼냈는데 말을 이어가다보니 남편이 안쓰러운 게 아니라 내가 안쓰러워져버린다. 알까? 선택에 후회한 적 없다고 말하는 남자를 향해, 행여 그 마음에 후회가 깃들까봐, 속은 걷잡을 수 없는 눈물과 한이 강물처럼 흘러도, 늘 웃으려고 몸부림치던 그 아린 아픔과 외로움을……

거지도 급수가 있다

친구들과 가을 사냥을 나선다고 남편의 차를 뺏었던 날. 남편은 늦은 귀가를 한다고 전화를 하더니 열한 시가 넘어도 감감 무소식이었다. 자정을 몇 걸음 남겨둔 시각, 학원에 있던 아들을 태워 집으로 들어오는 길이었다. 집 쪽으로 진입을 하는데 얼핏 남편이 남의 차 옆으로 숨는 게 보였다.

우리가 동거한 지가 하루 이틀이냐? 멀리서 척 보면 내 것임을 딱 아는데 얄상맞게 숨어? 차를 주차시키며 보니 집 들어가는 계단 아래 불쌍하고 우스운 자세로 쭈그리고 숨어 있다.

"아들! 너 백 원짜리 있지?"

느닷없는 질문에 뻥한 얼굴로 어미를 쳐다보는 아들에게 말했다.

"아빠 보고 절대 아는 척도 말고, 웃지도 말고 앞에다 백 원만 던져주고 집으로 들어가자."

아들이 주머니에서 동전을 찾을 때 나도 같이 동전을 찾았다.

아들과 각시가 차 문을 열고 나서자 남편은 독일군 병사처럼 "어이! 아들! 어이! 마눌!" 하곤 예를 표했다. 나는 쭈그려 앉은 남자 앞에 다가가선 암말 없이 발밑에다 동전 하나를 던져줬다. 남자의 표정? 그때까지 상황 파악이 안 되어 '멍~~!' 하고 온통 물음표다. 문제는 아들 녀석이다. 실컷 약속을 해놓고선 그냥 계단을 오르려 한다.

"얌마! 너 왜 엄마에게 배신 때려? 백 원이 그리 아깝냐?"

아들은 걸음을 되돌려 남편 앞에 서더니 어미를 훈계한다.

"엄마는 아빠를 어떻게 그런 식으로 대접하세요? 저희들의 아빠인데 그렇게 취급하면 안 되잖아요."

우아~!! 녀석이 지 엄마 뒤통수를 쳤어? 남편의 얼굴을 보니 아들 키운 보람에 마냥 흐뭇한 표정이다.

하지만!! 한국말은 끝까지 들어봐야 한다는 교훈을 잊어서는 안 된다. 아들 녀석, 주머니를 뒤적뒤적 하더니 천 원짜리 지폐를 꺼냈다. 그러고는 남편 발아래에 지폐를 공손히 놓고선 말했다.

"엄마!! 거지도 급수가 있는데 어떻게 아빠에게 백 원을 드려요? 근데, 아저씨! 깡통은 어디서 잃어버리셨어요?"

너무나 어이가 없어 말조차 잃어버린 제 아빠는 전혀 신경을 쓰지 않고, 녀석은 대문 안으로 유유히 사라졌다.

"우히히히히! 으헤헤헤헤! ㅋㅋㅋㅋ켁!!"

웃음이 목에 걸려 숨쉬기가 힘이 들었다. 천 원을 집어든 남편도 미처 대처할 방법을 찾질 못하고 있다. 집에 들어와 보니 녀석은 언제 그랬냐는 듯 "다녀오셨어요?" 하곤 공손히 인사했다. 아들! 고맙다! 거지에도 급수가 있다는 귀한 정보를 알게 해줘서…….

고백 (절대 비밀)

4월 중순쯤이었을까? 광주에서 온 친구가 김제 금산사 근처에 있는 귀신사(歸信寺)엘 가고 싶다는 거야. 양귀자 씨의 『숨은 꽃』이란 소설에 나오는 바로 그 절이거든. 집에서 그리 멀지 않은 곳에 있지만 한 번도 들어가 본 적이 없었지. 그런데 이 친구가 '믿음이 돌아오는 절'이란 뜻이 특이하고 자신을 끌어 잡아당긴다나? 그래서 믿음이 어떻게 돌아오는지도 궁금하고 『숨은 꽃』에서 각인된 절 이미지도 느껴볼 겸 길을 나섰지.

멋모르고 절을 향하여 차를 몰았는데 들어가는 길이 장난이 아닌 거야. 차가 겨우 들어가도록 좁은 비포장도로에, 기역자로 굽어진 길로 면허시험에도 없는 코스더라고. 어쨌든 무사히 올라가 귀신사를 둘러보았지. 만개했던 벚꽃이 피곤에 지친 듯 지고 있는 귀신사는 공사가 한창이어서 소란스럽기만 했어. 내려오는 길, 기역자로 꺾인 곳을 도는데 친구가 허겁스레 비명을 지르는 거야.

"왜 그러는디?"

"워미~! 옆에 큰 돌이 한 개 있는디 거그다가 아래를 싸악 그서 버렸고만."

에구! 가뜩이나 좁은 골목인데 그 모퉁이에 사람 머리만한 돌은 누가 갖다놨을까? 공장에서 뽑아 온 지 다섯 달도 안 돼, 아직은 새 차라고 명함을 내밀고 다니는데 오른쪽 문짝 아래에 흠집이 생겨버릴 판이다. 뒤로 물러나는 것도 수월치가 않아 앞뒤로 왔다 갔다 해보는데 돌에 더 밀착시키고 말았지.

'에라! 모르겠다. 이미 긁힌 것 그냥 밀고 나가자.'

돌에 긁히는 차의 비명소리를 들으며 그냥 직진해버렸지.

고개를 숙이고 차를 살펴본 친구는 새파랗게 질려 있더라. 남편에게 안 죽을 만큼 얻어 맞게 생겼다는 거야. 의자에 비닐도 다 뜯지 않은 새 차에 험한 상처를 입혔으니 기분도 별로고 남편에게 자수할 일이 영 그렇더라고. 다행이라면 긁힌 위치가 고개를 깊이 숙여야만 보이는 곳이라 얼핏 보아서는 흉한 몰골이 드러나지 않는다는 것이랄까?

집에 돌아와 살펴보니 흠집이 장난이 아니더라. 퇴근한 남편을 마주하는데 입이 차마 안 떨어지는 거야. 그렇게 하루가 지나고 이틀이 지나고……. 친구는 날이면 날마다 차 때문에 내가 당할 수모를 기대하며 그 결과를 기다리고 있었어. 그런데 시간이 지나면서 차의 흠집으로 인한 불안과 초조하던 마음이 아주 엷어지게 되더라고.

한 달쯤 지난 어느 날, 병원에 정기검진을 갔다가 또 한 번의 수술 스케줄을 잡게 되었어. 느닷없이 잡힌 수술 스케줄 앞에서 몸도 마음도 무너져 내려 갈피를 못 잡는데 남편이 전화로 결과를 물어오더라. 아침도 굶고 간 마누라에게 하다못해 밥이나 먹었냐는 물음도 생략하고 대뜸 하는 말.

"언제 올껴?"

열한 번째의 수술 예약을 해놓고 눈물을 찔끔대며 진정되지 않는 마음을 주체 못하고 있는데 첫 인사가 그 따위로 나오더란 말이지.

"가면 뭐 할라고? 죽을 때 죽을망정 언능 집에 와서 육신 멀쩡한 사람 뒷수발 하란 말이여? 자기 필요에 따라 빨리 오라는 말로밖에 안 들리는데 나 오늘 집에 안 가! 아니 못 가! 기다리지 마!"

누가 날 더러 아프라고 한 것도 아닌데 사는 게 정말 화가 나더라고.

병원 로비에 앉아 수술 상황을 알리는 모니터를 하염없이 바라보며 저곳에 잘난 이름 석 자가 올라갈 그날을 달력에서 지우고 싶다는 생각을 해보았어. 그러고는 파김치가 되다 시피한 몸을 집으로 가는 버스에 실었지. 누가 죽은 것도 아닌데 자다 깨면 울고, 울다 지치면 자고…….

터미널에 도착해보니 나로 인해 흠집이 난 차가 비상등을 깜박이며 기다리고 있더라. 남편은 차에 올라타는 마누라를 힐끗 보며 눈치를 살피는데 그 상황에 무슨 할 말이 있겠어? 생각만 해도 징그러운 수술을 또 받아야 하는 심란한 마음을 뭔 말로 달래겠느냐고? 나는 세상을 마주 하기도 싫어 눈을 질끈 감아버린 상태였거든. 그때 남편이 아주 조심스럽게 입을 열었어.

"여보! 언제인지는 모르겠고 차 오른쪽 아랫부분이 겁나게 많이 긁혔어야."

그 말을 듣는 순간, 어둔 터널에 있던 마음이 다른 세계로 순간이동한 것은 두말할 필요도 없겠지?

드디어 자수할 시간이 온 거야. 지금 수술을 앞두고 마음이 심란한 상황임을 뻔히 알고 있으니 크게 화를 내진 않겠지? 그런데 좀 전까지 울고 짜고 난리를 쳐놓고, 그거 내가 친 사고라고 곧바로 말이 안 나오더라. 못 들은 척 눈을 감고 있는데 남편이 계속 말을 이어가는 거야.

"내가 여그저그 돌아댕기다가 그랬을 것인디 여태 몰랐당게."

가만, 말을 듣다보니 차 흠집을 자신이 냈노라고 한탄을 하고 있잖아? 그러다보니 집 앞에 도착해버렸어.

차에서 먼저 내린 남편이 잽싸게 오른쪽으로 달려와 차 문을 열더니 그 부분을 가리키는 거야.

"이거 봐! 다행히 잘 안 보이는 곳잉 게 너무 신경 쓰지 마."

허리를 굽혀 그 부분을 살피며 속으로 말했지.

'안 봐도 다 알어.'

이제는 정말 자수를 해야겠다는 생각으로 허리를 들었지. 그런데 허리를 쳐든 나는 묘한 상황으로 남편을 몰고 간 거야.

"흠집이 이렇게 심하게 났는데 그냥 둔 거야? 카센터에 가서 비슷한 색깔의 페인트라도 사서 바르지. 그냥 두면 녹 날 건데 이대로 방치하면 어떻게 해?"

그러고서는 차 전체를 한번 휘 둘러보았지. 의외로 잔 흠집이 많더라고.

"여기도 긁혀 있고. 범퍼는 또 어디다 이렇게 갈았디야?"

마누라의 잔소리에 남편은 대단히 미안한 표정으로 위로를 하더라.

"에이~! 살다보믄 사람도 죽고 사는디 차에 흠집 좀 났다고 뭘 신경 쓰고 그러냐? 차 몰고 다니다보면 흠집 나는 것은 별 수 없는 거여."

씩씩하게 집으로 걸어 들어가는 마누라의 뒷모습을 보며 남편은 회심의 미소를 지었을 거야. 그러곤 이렇게 중얼거렸겠지?

'아깝지만 차 흠집을 빌미로 마눌 기를 살릴 수 있어서 다행이다. 근디 대체 은제 저렇게 깊고 넓은 흠집이 났을까?'

마누라가 앞서가며 짓는 회심의 미소는 상상도 못했을 거야.

고질병

"여보! 부탁인데 요번 한 번만 더 나를 믿어줘, 응!!"

꼬리를 최대한 내려뜨리곤 남편을 향하여 애걸복걸 사정을 한다.

"안 돼! 더 이상 당신을 믿어줄 수 없어. 20년을 속았으면 됐지, 더 이상은 못해."

남편은 의외로 강경한 태도로 마누라를 밀쳐낸다.

"정말 나를 못 믿겠단 말이야? 그럼 낼 당장 도장 찍자. 아내의 말을 남편이 못 믿는다는데 더 이상 동거할 이유가 없잖아?"

협박성 멘트를 슬쩍 날려보는데 남편의 반응은 '도장을 찍을망정 못 믿어.' 다.

바짓가랑이를 붙잡고 늘어지는데 남편은 믿지 못할 아내의 행동을 종식시키겠다고 주방으로 간다. 그러고는 싱크대에 있는 큰 냄비들을 수거하려 든다.

"그러지 말고 내게 기회를 한 번만 더 줘봐. 신년계획을 '적게 만들자' 로 세울게~!"

씩씩거리던 남편은 마누라가 모아놓은 음식물 쓰레기 봉지를 두 개나 들고 밖으로 나간다. 쓰레기를 버리고 돌아와서도 여전히 '못 믿을 당신' 이라는 말을 해대는데 나는 여전히 믿게 해줄 테니 한 번만 기회를 더 달라고 사정을 한다. 남편은 큰 결단을 내리고 한 번의 기회를 더 제공한다며 큰 냄비 없애는 작업에서 일단 후퇴하였다.

내가 생각해도 결코 작은 문제가 아니다. 식탐이 많은 것도 아닌데 찌개를 끓였다 하면 솥단지가 철철 넘쳐야 직성이 풀린다. 아침밥이

나 부부가 집에서 해결하면 먹고 들어오는 게 태반이다. 그나마 내가 먹는 양은 고양이만큼이나 될까? 그런데도 찌개의 양은 늘 큰 냄비가 넘친다. 못 먹어서 음식물 쓰레기로 버릴 때마다 남편은 '적게, 적게'를 수도 없이 당부했었다. 당부가 받아들여지지 않자 언젠가는 큰 그릇들을 내 손이 안 닿는 곳에 다 올려놓고 작은 냄비만 내려놓았다. 작은 냄비로 음식을 하다보면 끓어 넘쳐 렌지가 지저분해진다. 그 이유를 들어 사정사정해서 큰 냄비를 사용하되 조금씩 만들기를 약속했었다.

이게 도대체 뭔 조화속인지 그릇의 반 이상이 채워지지 않으면 도무지 마음이 안 편타. 물을 조금 더 붓고, 그리고 보면 내용물이 너무 홀렁하다 싶어 내용물을 더 넣고……. 결국 큰 냄비 속에서 찌개가 끓을 때는 역시나 흘러넘치고 만다. 찌개를 끓일 때 옆에 와서 '적게'를 주장하는 남편을 향해 치사한 간섭이라며 전쟁을 치른 적이 몇 번인지 모른다.

바람이 불고 쌀쌀해진 날씨에 생태찌개가 먹고 싶었던 남편은 퇴근길에 생태 한 마리를 사 들고 왔다. 나는 달랑 한 마리라는 자체부터가 못마땅하였다.

"에이~! 이왕 살 거면 두어 마리 사지 왜 달랑 한 마리래?"

"봉황의 깊은 뜻을 참새가 어찌 알 것이여? 다 깊은 뜻이 있응게 알라고 허지 말어."

생태를 달랑 한 마리만 산 것에 무신 참새며 봉황이 등장하고 깊은 뜻은 또 뭐래?

생태찌개를 끓이려는데 마땅한 그릇이 없다. 쓰는 냄비마다 넘치도록 끓여서 미처 못 먹은 찌개들이 담겨 있는 것이다. 어쩔 수 없이 먹다 남은 음식을 버리는데 남편의 레이더에 포착이 되어버렸다. 달랑 한 마리만 사온 이유는 손 큰 마누라가 생태를 두 마리 사오면 한꺼번에 다 끓여 종내는 음식물 쓰레기통으로 달려갈 게 뻔해서였단다. 그런 깊은 뜻으로 생태 한 마리를 사온 남자가 그걸 또 절반만 끓이라며 잔소리를 하더니 큰 냄비들을 버린다고 난리를 친다. 그 난리 통에 한 번만 믿어 달라고 사정을 하며 음식물 쓰레기 버리는 심부름을 보냈던 것이다. 그렇게 빌고 또 빌고, 웃고 또 웃고……. 거기까진 그래도 좋았다.

생태찌개를 끓일 준비를 하며, 사다놓은 콩나물도 한 주먹만 꺼내서 씻고 무도 딱 한 조각만 깎으며 생태를 찾으니 없다.

"여보! 생태 어따가 뒀어?"

"거기 개수대 속에."

"싱크대 다 뒤져도 없는디?"

야밤에 부부가 냉장고를 뒤지고 난리를 치는데 생태의 흔적을 찾을 수가 없다. 그때야 좀 전에 버린 음식물 쓰레기가 생각난다. 버릴 게 많다보니 비닐봉지에 담긴 생태도 음식물 쓰레기인줄 알고 남편 손에 쥐어줘 버렸음이 분명하다. 고무장갑 끼고 음식물 쓰레기통 뒤져서 찾아오라는 마누라 말에 남편은 다시 '못 믿을 당신' 타령을 하고, 나는 '한 번만 믿어 달라'고 애원을 한다.

결국 생태탕 대신 콩나물국으로 해결했다. 버린 생태가 미치도록 아깝지만 이게 전부 내 손 탓이니 누굴 탓할 수도 없다. 이리하여 나는 신년도 첫째 계획이 '음식을 적게 만들자'로 정했다. 세계적·국가적 차원은 물론 가정경제에도 타격을 가하는 이 못된 습관이 고쳐질지 의문이다. 마지막으로 제공받은 기회를 놓치지 말아야 할 텐데…….

그대의 실수

사무실 이사로 인해 몸도 마음도 꼼짝 할 수 없이 지친 날. 집에 돌아온 즉시 침대에 몸을 부려버리는데 삶아놓은 배추 시래기 같다는 생각이 든다. 이쯤 되면 병이 도진다. 왜 이 길에 서야 하는지, 앞으로도 계속 이 길을 걸어가야 하는지…….

엄습하는 회의를 감당치 못하여 나락에 빠져 있는데, 세면과 양치를 마치고 방에 들어온 남편이 씻지도 않고 드러누운 마누라를 향해 다소 곱지 않은 투로 한마디 던진다.

"당신 양치 했어?"

"참나! 보면 모르냐? 당근 안 했지."

누운 채로 뻔뻔하게 대꾸하는 마누라를 바라보는 얼굴은 '할.말.없.음' 이라는 표정이다.

뭘 하려고 마음먹었다가도 누군가 그걸 하라면 안 해버리는 묘한 기질을 살려 마냥 개기고 있었다. 몸 전체에서 성한 곳을 찾으라면 손가락 몇 개 꼽을 정도의 하자투성이인 몸뚱이가 이빨인 듯 성할 리 없다. 내 몸을 내가 사랑하자는 결심으로 발딱 일어나 남편에게 한 가지 제안을 했다.

"여보야~! 나랑 욕실 같이 가자."

"왜?"

대단히 퉁명스런 목소리다.

"화장실에 혼자 가기 무섭단 말이야. 달걀귀신 나올지도 모르잖아."

"달걀귀신이 나와서 제발 당신 좀 데려다가 귀신이나 맹글었으면 좋겠다."

남편이 무심코 말을 던질 때, 마누라의 눈이 꼿꼿해지는 건 당연지사다.

말을 해놓고 마누라의 얼굴을 본 순간 남편의 얼굴엔 '아차! 실수다!!' 하는 기색이 역력하다. 생각해보라고. '달걀귀신이 데려다가 귀신이나 만들었으면 좋겠다.'는 말은 '마누라가 죽어 귀신 되기를 바란다.'는 말인데 실수도 보통 실수가 아니잖아?

남편은 이 사태를 어찌 수습할지 잠시 생각에 잠기더니 하시는 말씀이 너무도 황당하다.

"어~ 어~ 그래갖고는 나를 귀신처럼 사랑하면 좋겠다."

으이그! 그 말이나 저 말이나 달라진 건 하나도 없어 그저 죽기를 바란다는 말하고 통하잖아. 생각 없이 말을 해놓았는데 수습이 영 안 되고, 영 웃기는 말이다 싶은지 혼자 뒤집어지도록 웃고 난리도 아니다.

본인도 알고 있을 거야. 힘들어하는 마누라 좀 웃겨보려 했던 한마디 말이, 대단한 위력을 지닌 부메랑이 되어 자신에게 돌아오리라는 것을……

남편의 복수혈전

마누라 콧대가 사정없이 높아졌다. 얼마 전 출연했던 장애인 패션 쇼를 모 채널에서 방송해 잘난 얼굴이 몇 컷인가 나왔었거든.

"당신! 저렇게 인터뷰 해봤어? 어우!! 조명발 좋은데?"

텔레비전 앞에서 혼자 찧고 까불고……. 미처 방어 전략을 세우지 못한 남편은 일곱 살 연상이라는 권력을 내세우며 까불지 말고 어른 대접이나 똑바로 하라고 훈시를 했다.

"쳇! 그래봤자 당신하고 나하고 한날, 한시에 어른 됐고 부모 됐잖아. 나보다 먼저 어른 된 경험 있거든 말해. 그럼 어른 대접해 줄게."

혹 있어도 절대로 있다고는 못하겠지?

그 선에서 끝났으면 좀 좋았으랴?? 한껏 고조된 기분으로 슈퍼엘 다녀오는데 갑자기 배가 사르르 아파왔다. 잰걸음으로 집엘 들어와 화장실 문을 열어 제꼈다. 일을 마치고 난 다음에 살펴보니 휴지가 없다.

"여보야~~!! 휴지 좀 갖다줘!!"

좀 전에 지은 죄도 있어 깐에는 갖은 애교를 버무려 남편을 불렀는데 되돌아온 대답은 절망에 가깝다.

"어떻게 화장실 가는 여자가 휴지 확인도 안 하냐? 어른답게 알아서 해결해."

그리고는 끝이다.

텔레비전 소리만 웅웅거릴 뿐 발걸음을 옮기는 기척이 도대체 없다. 에라! 모르겠다. 변기에 앉아서 시들어지게 노래를 불렀다. 시끄러우면 갖다 줄 거라는 잔머리 계산법이다.

"꽃잎 끝에 달려 있는 작은 이슬방울들~~~. 때가 되면 이들도 사라져 고요만이 남겠네."

3절을 다 부르도록 소리도 없던 남자는 노래가 끝나자 아주 조용하게 한마디를 던졌다.

"시끄럽다!"

주머니에 넣어둔 휴대폰을 꺼냈다. 집에서 화장실 가며 휴대폰을 가지고 가리라곤 생각도 못했겠지? 발신자번호가 안 뜨게 설정을 하여 남편의 번호를 눌렀다.

"네! 김 **입니다."

"여기는 쌍용아파트 ***동 ***호 화장실인데요. 휴지 하나 배달해 주세요."

"오늘 영업 끝났습니다."

허허 웃으며 받아줄 줄 알았는데 매몰차게 전화를 끊어버렸다.

슬며시 약이 올랐다. 악을 바락바락 쓰면서 다시 노래를 불렀다. 늦은 밤에 동네 창피해서라도 갖다 주겠지 했건만 남자는 여전히 "시꺼!!" 한마디만 뱉고는 묵묵부답이다. 에고! 짬밥수를 무시하면 절대 안 된다고 했는데 그걸 우습게 안 대가를 이렇게 치를 줄 누가 알았나? 이럴 줄 알았으면 좀 전에 텔레비전에 나왔다고 잘난 척을 조금만 할 걸…….

'사랑하는 그대여! 휴지를 부탁하오.'

휴대폰을 꺼내어 문자메시지를 찍고, 남편의 번호를 입력하는데 문이 벌컥 열렸다.

"우! 깜짝이야!! 무슨 매너가 화장실 노크도 안 하고 문을 여냐?"

그 와중에도 쨱소리를 내는 마누라가 얄미웠던지 손에 건네려던 휴지를 툭 던져버렸다.

두루마리 화장지는 데굴데굴 굴러 하수구 위에 멈춰 섰다. 어정쩡한 걸음으로 물기 먹어버린 화장지를 주워다 쓰는 수밖에 없었다. 손 씻고 잔뜩 열 받아 나와 보니 남편은 인생이 온통 행복뿐이라는 듯 유쾌하고 통쾌함이 가득한 표정이다. 약 오른 표정을 지으면 남편이 더 신나할 게 뻔해 싱긋 웃으며 우아한 자태로 그 옆을 지나쳤다. 방문 앞에 다다랐을 때 발을 놀려 옆구리를 걷어차곤 방문을 잠가버렸다.

"야!! 정말 추접하다. 어른 대접 받고 싶으면 어른답게 행동해봐라."

당할 거 다 당한 후에 방문을 닫아걸고 소리만 지르는 마누라를 향해 즐거움에 어쩔 줄 모르는 웃음을 터트리는 남자다.

아픔을 줄 만큼의 발길질도 못하고 도망치다 문턱에 찐 발가락은 왜 이리 아픈 거야??

남편 죽이기

남자는 몸에 해로운 술, 마셔서 없애야 한다는 인류애를 발휘하며 열심히 마셔댄 모양이다. 술을 마시고 온 다음날 아침에 좀처럼 속 아프단 말을 안 했는데 이날만은 속이 쓰리다고 했다. 아침에 콩나물국을 끓여 바쳤는지 어쨌는지는 기억이 가물거리고 계속 속이 쓰리다는 엄살에 특별식을 준비했다.

시누이가 고혈압 환자인 남편을 위해 건강원에 맡겨 양파 즙을 내 주라고 했던 말이 생각났다. 건강원까지 갈 것 뭐 있누? 생식이 더 좋지……. 묵은 양파 중에 아주 크고 단단한 걸로 두 개를 골라 껍질을 깐 후 녹즙기로 생즙을 냈다.

매운 냄새가 얼마나 진동을 하던지 눈물, 콧물이 줄줄 흘렀다. 주스잔으로 하나 가득 즙이 나왔다.

"여보! 양파 즙이 혈압에 좋대. 속도 쓰리고 하니까 코 잡고 꿀꺽 다 마셔."

착한 남자는 마누라가 손수 해주는 것인지라 대단히 황송해하며 한 컵의 양파 생즙을 다 마셨다.

"크흐! 당신은 무슨 복이 그리 많아서 나 같은 여자를 마누라로 두었는지 몰라. 복 많은 당신이 난 정말 부럽더라."

자화자찬을 한 것까지는 좋았다. 잠시 후 남편은 새우처럼 등을 구부리고 식은땀을 뻘뻘 흘리고 있었다. 깜짝 놀라 흔들어대며 이유를 물었다. 아까는 조금 쓰리기만 했던 속이 이젠 아예 후벼 파는 것처럼 아리단다.

"남자가 진득하게 좀 참아라. 무슨 약이든 약발이 서려면 명현반응이라는 게 있잖아."

마누라의 구박에 남편은 물 한 병을 다 들이켜면서도 별 말을 못했다.

가만 보니 종일 쓰린 속을 어쩌지 못해 우유도 마시고, 꿀물도 타서 마시고 맨밥을 꾸역꾸역 먹기도 한다. 저녁나절이 되어도 여전히 속이 아프다고 고통을 호소하기에 병원으로 달려갔다. 전후 사정을 말하고 약을 좀 부탁하니 의사 선생님이 기절초풍하기 일보직전이다.

"남편 잡으려고 작정을 하셨어요?"

"왜요? 양파 생즙이 나쁜 건가요?"

"두 말할 것 없이 남편이 마신 양의 절반만 드셔보세요. 그게 얼마나 독한데 세상에 그걸 한 컵이나……. 그것도 속이 쓰리다는 사람에게 먹였으니 하루 내내 어지간히 힘드셨을 겁니다."

의사 선생님은 위가 깎였을 거라며 약을 처방해주며 물을 많이 먹도록 하라고 했다. 약을 먹고도 남편은 그 밤 깊은 잠을 이루지 못하고 뒤척이며 간간히 신음소리를 냈다. 미안한 마음이 골수에 사무치는데도 차마 말은 못하고 몸 부대끼게 하는 술 좀 작작 마시라고 오히려 큰소리를 쳤다.

세상에 비밀은 없다던가? 다음날 출근을 한 남자는 직원들에게 어제 겪은 아픔을 털어놨나보다. 곁에서 남편의 말을 들은 여직원이 질겁하며 양파 생즙이 얼마나 독한지에 대해 말을 하였단다. 결국 종일 후벼 파는 것처럼 속이 아팠던 것은 술 때문이 아니라, 마누라가 손수 제조해준 양파 즙 때문임이 들통나버린 것이다. 시작은 분명 좋은 마음, 사랑하는 마음에서 시작했는데, 결과는 남편 죽이려 작정한 마누라가 되어버렸다.

이 남자 어젯밤 심심했던 모양인지 슬며시 또 옆구리를 찌른다.

"그때 분명 고의였지? 그 무렵에 내가 생명보험 가입했었잖아. 용서해 줄 테니 이제 바른말 해봐."

참나 원! 내가 정신 나갔어? 설령 고의였다손 치더라도 미수에 그친 일인데 그걸 실토할 여자가 어디 있단 말인가? 이 남자 분명 칠십, 팔십이 넘어가도 그 옛날 마누라 손에 죽을 뻔(?)한 사건을 곱씹겠지??

"한 컵 더 멕였으믄 완전히 보낼 수도 있었는데 아깝다!"

마누라는 끝내 미안하다는 말을 하지 않았다.

너는 너, 나는 나

우리 집 냉장고 용량을 볼라치면 684리터라고 공지되어 있다. 구형 두 개짜리 문으로 냉장고 뒤쪽에 밀려나 있는 물건을 꺼내기가 여간 힘이 드는 게 아니다. 속에 있는 물건을 꺼내려면 팔이 뻗어지지 않는 나는 누군가의 도움을 필요로 한다.

수술 후 사렸던 몸도 풀 겸 국을 끓이려다보니 그동안 안 쓰던 양념들이 냉장고 뒷벽에 몸을 붙이고 나란히 줄을 서 있다. 제일 만만한 남편에게 부탁했다. 허리를 잔뜩 구부리고 아내가 지시하는 물건을 꺼내는 남자의 폼을 보니 뒤에서 엉덩이만 슬쩍 밀면 냉장고 속에 가두고도 남을 듯싶다. 혼자만의 상상으로 웃음이 나오려는 걸 꾹 참고 필요한 것들을 다 끄집어냈다. 바로 그 순간이었다.

갑자기 "꽝!" 하는 폭음이 들렸다. 해야 할 일을 다 마친 남편이 냉장고 속에서 몸을 미처 빼지 못한 채로 사정없이 머리를 들었던 모양이다. 테러의 위험에 처한 곳이라면 폭탄 테러가 일어났지 싶을 만큼의 굉장한 마찰음이다.

남편은 헉! 하는 단발마의 비명을 지르더니 머리를 감싸 쥔 채 아프다는 소리도 못 내고 끙끙 앓고 있었다. 그런데 도대체 이게 무슨 비극이란 말인가? 그 상황과 모습을 지켜보던 마누라가 갑자기 포복절도를 해댔으니……. 방금 전 남편의 엉덩이를 밀어 냉장고에 가두고 싶었던 욕구와 맞물려진 사건은 좀체 웃음이 멈춰지질 않았다.

"하이고! 하이고!"

바닥에 주저앉아 머리를 감싸고 비명만 질러대는 남편에게 다가간 마누라는 조금은 걱정스런 목소리로 물었다.

"여보! 괜찮아??"

남편이 험한 눈빛으로 각시를 노려봤다. 순간 또 장난기가 도져버렸다.

"완아! 언능 가서 냉장고 금 갔는지 살펴봐라."

"엄마! 입장을 바꿔서 생각해보세요."

상황을 짐작한 작은아들이 제 아빠 편을 들고 나섰다.

"얌마! 입장을 바꿔 생각할 게 뭐 있냐? 바꾸나 마나 엄마가 저리 찧었는데 아빠가 고따위로 웃어대면 진짜 기분 나쁘지. 아마 당장 보따리 쌀 거다."

저녁을 먹고 누워서도 남편의 손은 자꾸 박치기한 뒷머리를 향했다. 속없는 여자는 그 모습을 보고 또 웃음을 터뜨렸다. 출근을 하려고 머리를 감고 나온 남편이 머리를 닦는 모습 또한 우습다. 다른 곳은 힘 있게 싹싹 닦으면서 그 부분은 수건이 슬쩍 지나쳐만 갔다. 주책없이 또 웃음이 터졌다.

아침 밥상에서 아들 녀석이 제 아빠를 향해 물었다.

"아빠! 그동안 도대체 어떻게 사셨어요?"

"어떻게 살긴, 너는 너고 나는 나로 살았지. 서로 아쉬우니까 같이 살았을 뿐이다."

그런데도 나쁜 웃음보따리는 절제가 안 된다. 얼마나 세게 부딪쳤는지 순간 정신이 몽롱 했다는데, 더구나 고혈압까지 있는 남자가 사정없이 머리로 냉장고를 들이받았는데 마누라인 나는 왜 웃어야 하는가?

"너는 너고, 나는 나면 저 냉장고는 내가 가질래. 당신보다 냉장고가 세다는 것을 알아버렸거든."

눈먼 돈

서울 사는 후배가 농담인지 진담인지 모르지만 처녀시절 전주에 왔다가 기십만 원의 돈을 잃어버렸다나? 그 잃어버린 돈을 이제라도 찾으러 올 테니 돌려달라는 도전장을 보내 왔다. 보내 온 도전장을 읽다가 까마득히 잊고 있었던 황당한 사건이 생각났다.

남편과 연애시절이었다. 좁기만 한 전주 바닥에서 데이트를 하다보면 누군가의 정보망에 걸릴까봐 남원 광한루를 향해 길을 나섰다. 먼저 정유재란 당시에 남원성을 지키다 순절한 의사들의 시신을 묻은

'만인의 총'에 참배를 갔다. 세간의 이목을 끌지 못한 채 버려지다시 피 한 곳을 보수하여 새롭게 단장을 해놓은 지가 얼마 전이다. 입구에 서 안내도며 역사적 사건에 대한 자료들을 읽고 있는데 옆에 서 있던 남자가 바닥에서 뭔가를 주웠다. 굴뚝에서 열심히 연기를 품어내던 시절이라 담배나 라이터를 떨어뜨린 줄 알았다.

"뭘 그렇게 칠칠맞게 흘리십니까?"

아무 말 없이 바닥에서 뭔가를 주운 남자는 무덤 앞에 서더니 느닷 없이 큰 절을 해대기 시작했다. 박대통령 서거 몇 주년인지는 모르지 만 고인을 추모한다고 향불을 피워놓은 곳에서도 큰절을 했다. 길을 걷다가도 동, 서, 남, 북을 향해 마구잡이 큰절을 올렸다. 지나는 사람 마다 웬 정신 나간 총각인가 싶어 고개를 돌리며 쳐다보건만 황당한 시추에이션은 멈추질 않았다. 도대체 왜 그러는지 이유도 그 속내도 알 수 없었다. 창피함에 화를 내며 말려보는데 소용이 없다.

"놔아~ 무조건 절을 해야 하는 이유가 있어. 말리지 마!"

조상 중에 여기 묻힌 분이 계시나??

만인의 총을 나서는데 남자가 느닷없이 으슥한 곳으로 나를 이끌어 갔다. 구석 후미진 곳에 다다른 남자가 주머니에서 뭔가를 꺼내어 눈 앞에 내밀었다. 헉! 만 원짜리 지폐! 것도 하나, 둘, 석 장이나 되었다.

만 원권 지폐가 나온 지 얼마 안 되는 해이며, 교사 초봉이 20만 원 을 넘지 못하던 시절이었으니 거금이라고 아니 할 수 없다. 너무 놀라 경찰서에 갖다 주자고 했다.

"싫어! 이름도 안 쓰인 현금 3만 원을 거그다 왜 갖다 주냐?"

기분이 애드벌룬처럼 붕붕 떠버린 남자는 멀지도 않은 광한루까지 택시를 타고 가잖다. 빨리 그 장소를 벗어나야 한다나? 마음이 썩 편치도 않았지만 기분이 나쁜 것도 아닌 묘한 상태로 남자의 말을 따랐다.

광한루 후문을 들어서며 남자가 농담처럼 말했다.

"땅바닥 잘 봐. 오늘이 돈 줍는 날인지 혹 알아?"

그 말이 떨어지기 무섭게 바닥을 보는데 바로 앞에 만 원 지폐 두 장이 떨어져 있었다.

"저 저 저 저그, 지 지 진짜로 또 도, 도, 돈이 이, 이, 이 있네."

놀란 남자는 말까지 심하게 더듬었다. 돈을 줍는 손이 바들바들 떨려 잘 줍지도 못했다.

웬 횡재냐고? 좋았겠다고? 순간 안보의식이 투철한 나는 간첩을 생각했다.

'이 돈에는 간첩들이 서로 접선하기 위한 암호가 새겨져 있을 거야.'

겁에 질려버린 내 모습에 남자가 분위기 전환을 해보려 애를 쓰는데 누군가 뒷덜미를 덮칠 것만 같은 불안함이 나를 사로잡았다. 데이트고 뭐고 두려움에 질려 정신줄을 놓다시피 전주로 가는 버스에 올랐다. 순진해 빠진 여자는 여전히 겁에 질려 바들바들 떨고 있는데 남자는 비밀로 하라며 입단속을 시켰다.

다음날 남자는 전 직원에게 짬뽕 한 그릇을 돌리며 갖은 폼을 다 잡았다. 갑자기 무슨 재벌 집 아들이라도 된 듯 밥 사고, 술 사고…….
결국 주웠던 5만 원을 훨씬 뛰어넘는 액수의 돈을 기분을 내는 데 다 써버렸다. 같이 동행하며 주운 돈이라면 공동분배는 못 하더라도 몇 대 몇의 분배가 있어야 정상 아닐까? 말로는 나눠주려고 했는데 기분에 쓰다 보니 5만 원을 홀러덩 초과해버려 돈이 없다나??

그날 이후, 남편은 돈이 궁하다 싶으면 습관처럼 말했다.

"나 직장 때려치우고 남원에 돈 주우러 갈까봐."

쳇! 가서 주우면 뭐해? 5만 원 주워서 8만 원 쓰느니 차라리 안 줍는 게 낫지.

묻어뒀던 비밀을 털어놓고 보니 후배는 그 돈이 제가 잃어버렸던 돈이라며 생떼를 쓰는데 그 말을 믿어야 할지…….

대단한 신뢰

작은아들의 어린 시절 별명은 럭비공이었다. 녀석의 말이나 행동이 어디로 튈지 종잡을 수 없는 예측불허의 기질 탓에 붙여진 별명이다. 올해 대학을 졸업하고 카이스트 대학원엘 다니고 있는 이른바 '노털'이다.

녀석은 맘씨가 참 곱다. 자기 돈에 대한 집착이나 애착이 무지무지적다. 물건을 사오라고 심부름을 시키면 돈을 달라고 손을 내미는 법이 없다. 제 주머니에 있는 돈으로 물건을 사온다. 돈을 주겠다고 값을 물으면 무표정한 얼굴로 "됐어요."라는 한마디만 하고 끝난다. 절대로 언제, 어느 때, 어느 만큼의 돈을 썼으니 채워달라고 보채는 법이 없다.

어제 저녁이었다. 저녁밥을 먹을 시간인데 도무지 밥 생각이 없었다. 외출에서 돌아오는 길, 아들에게 문자를 보냈다.

'아들~! 저녁에 통닭이나 먹자. 한 마리 시켜놔.'

집에 들어와 피곤한 몸을 침대에 눕혀놓고는, 나중에 챙겨줄 테니 녀석더러 우선 통닭 값을 지불하라고 부탁했다. 녀석은 군소리 없이 제 지갑에서 통닭 값을 지불했다.

아침, 통닭 값을 주어야겠다는 생각이 들어 값을 물었다.

"12,000원인데요, 안 주셔도 돼요."

제 돈을 챙겨야겠다는 욕심이 손톱만치도 없는 무표정한 얼굴이다.

"왜?"

"제가 돈 다 쓰고 나면 엄마나 아빠가 주실 거니까요. 그리고 아빠가 카드 하나 만들어주셔서 돈 없으면 거기서 빼면 되고요."

아~! 부모를 향한 아들의 이 무한한 신뢰 앞에서 나는 대단한 감동을 받았다. 더불어 대단한 손해를 보고 있다는 생각이 드는 것은 왜일까?? 내 노년에 녀석을 향해 그런 신뢰를 나도 품을 수 있을까?

돈 벌기 쉽네

저녁 무렵부터 나락으로 떨어져버린 기운이 도무지 회복 기미가 보이질 않던 날이다. 보나 마나 혈압이 70~50단위 어디를 헤매고 있음이 뻔하다. 술이 부르고 친구가 불러서 나간 남편은 들어올 기약이 없는지라 일찌감치 방에 어둠을 들어앉혀 놓았다. 어둠 속에서 밖의 소리에 귀를 기울임이 늘 좋다. 촉각을 곤두세우고 있으면 성냥 곽처럼 둘러친 집들에게서 나는 소리들이 다 내게로 전달된다.

남편의 주시(酒時)로 보자면 겨우 초저녁을 넘긴 시각일 텐데 들어오는 기척이 난다. 열 시를 겨우 넘긴 이른 귀가에 벌써 왔느냐는 인사를 건넨다. 남편은 그날 만났던 사람이며 분위기에 대해 한참 동안 수다를 풀어놓는다. 침대에 벌러덩 누운 채 머리도 안 들고 있는 마누라를 향해 수다의 초점을 맞춘다.

"당신 저녁에 이빨 닦고 누워 있는 거야?"

"아니, 안 닦았다. 와?"

"으이그! 도대체 나이가 몇 살인데 잠자기 전에 양치도 안 하나?"

"오늘은 내사 만사 귀찮다. 내버려둬."

"그러지 말고 닦고 와아. 이빨 땜에 고생을 얼마나 했냐?"

"닦으면 얼마 줄 건데? 만 원 주라. 그럼 내 가서 이빨 닦고 올게."

남편은 궁시렁궁시렁 혼잣말로 불평을 털어놓으면서도 지갑에서 만 원을 꺼내 마눌 손에 건넨다. 만 원 받은 대가로 양치질을 하고 방으로 들어왔다. 돈 버는 거 별 거 아니라는 판단이 들어 남편에게 제안을 하나 해본다.

"나 날마다 저녁때 양치 안 빼먹고 할 테니까 한 달 치 선불로 이십만 원 주라. 삼십만 원 받아야 하는데 당신한테는 깎아줄란다."

어이없다는 표정으로 마누라를 쳐다보던 남편은 귀찮다는 말투로 대꾸를 한다.

"그려, 알았어. 내일 줄게. 그러니까 빼먹지 말고 잠자기 전에 양치하그라."

다음날 밤. 양치를 하러 나가기 전에 남편을 향해 손을 벌린다.

"뭐?"

"돈 줘! 나 시방 양치하러 갈 참이거든. 선불로 한꺼번에 준다고 해놓고선 왜 안 주는겨? 암튼 오늘 치 만 원 언능 줘."

남자가 작심삼일도 못 되고 24시간 만에 맘을 바꿀 수 있단 말인가? 못 준단다. 협박도 해 보고, 사정도 해봤지만 절대 못 준단다.

"나 그럼 오늘 저녁 양치 안 한다."

"니 맘대로 하시와요. 내 이빨도 아닌디 뭐 하러 신경 썼나 몰라."

"칫! 난 하나도 안 아섭다. 내 이빨 망가지면 자기 돈 들어가지 내 돈 들어가는 것은 아닌 게."

남편은 끝내 만 원을 안 준다. 버티던 나도 양치를 안 하고 그냥 자버렸다. 그런 마누라를 보며 남편이 하는 말,

"당신 독자들은 이런 사실을 꿈에도 짐작 못 할 것이다."

약속한 돈이나 줄 것이지 별 걱정을 다하고 계시네.

두고 보자

며칠 동안 죽을 맛이다 싶을 정도로 호된 몸살을 앓았다. 숨을 쉴 때마다 코에서 마취약 냄새가 맡아지고, 땅을 디딘 발걸음은 허공을 밟다가 아래로 뚝 떨어지듯 정신이 아득해진다. 시도 때도 없이 추웠 다 더웠다 반복하는 몸이며, 누우면 손가락 하나 까딱하기 힘든 상황 에서 눈을 뜨는 것도 귀찮아 감은 눈 그대로이다 보면 까무룩히 잠 속 으로 빠져들고……. 지독한 지구멀미에 시달리며 그래도 할 짓은 다 했다. 때론 웃기도 하고 때론 수다도 떨고, 업무도 밀리지 않게 처리 했다. 그러면서 정작 나를 웃겨줄 사람이 없는 이 지구에서 지친 몸과 마음은 얼음처럼 식어가며 웃음이 말라간다.

집에 온 큰아들 눈에 어미 꼴이 말이 아니었던 모양이다. 어미의 회 복을 위해 아들이 내는 근사한 점심을 먹고 돌아오며 가족들 앞에서 한껏 너스레를 떨어본다. 여전히 기운은 바닥이라 자꾸만 큰 숨이 내 쉬어지고 축대가 허물어진 듯 몸이 무너져 내린다. 게다가 이삼 일 전 부터 왼쪽 눈꺼풀이 자주 경련을 일으킨다. 운전하는 남편을 향해 마 지막을 고하는 것 같은 투로 말을 꺼낸다.

"내가 있지, 며칠 전부터 왼쪽 눈꺼풀이 자꾸 경련을 일으키는데 아 무래도 죽을 모양이야. 당신 우짤래?"

늘 마누라에게 당한다고 생각하는 남편. 이런 때는 그저 말조심을 해야 살아남는다는 것을 이미 알아버린지라 눈만 껌벅인다. 남편이 이 런 상황일 때는, 어떻게 해야 잘 빠져나갈지를 심사숙고하는 중임을 나는 경험으로 안다. 이때 뒤에 타고 있던 아들 녀석이 하시는 말씀,

"엄마! 걱정하지 마세요. 아빠 심심하지 않도록 바로 여자 친구 소개시켜 드릴 게요. 그런데 보험 좀 많이 들어놓으세요."

"얌마! 수술 경력과 장애 있으면 보험도 안 받아주잖아."

"하튼 들 수 있는 거는 뭐든 다 들어놓으세요. 근데요, 보험 넣고 3개월은 꼭 살아주셔야 돼요. 그래야 보험료를 받을 수 있거든요."

헉~! 이 녀석이 정녕 내 배 안에서 열 달 살다 나온 녀석 맞아?

그게 다가 아니다. 어미 아비의 결혼기념일이 다가온다고 녀석이 딥다 큰 텔레비전을 한대 선물한다며 놓을 자리를 확보하려 부자(父子)가 가구를 옮기던 중이었다. 먼지가 풀풀 날리든 말든 침대에 드러누워 있는데 남편이 벽에 못을 박고 있다.

"엄마~! 못이 튈 수도 있으니 눈 조심하세요."

'그렇지! 그리 나와야 아들이지' 하는 생각으로 조금 전 당한 분풀이 겸 한마디를 뱉어봤다.

"야~! 3개월만 살면 되는데 굳이 눈 조심할 거 뭐 있냐?"

"그건 그런데요, 장기기증 서명하셨잖아요. 엄마 사후에 각막이식 받을 분을 생각하셔야죠."

으헉! 저런! 저런! 알고 봉게 아주 나쁜 녀석이잖아? 아들에게 연신 당하고 마누라는 할 말을 못 찾고 있는데, 자신을 대신해 통쾌한 복수를 해주는 아들을 향해 남편이 던지는 무한 신뢰의 눈빛이라니……. 너 장가만 가봐라. 오늘 받은 거 네 마누라에게 꼭 돌려줄 겨.

딱지맞은 선물

3월 초에 큰 녀석이 졸업과 함께 임관을 한다. 4년 동안 녀석에게 붙어 있는 공군사관생도라는 이름표를 떼고 공군장교라는 사회의 일원으로 출발하는 것이다.

녀석의 졸업을 앞두고 부부는 심각한 고민에 빠졌다. 졸업 선물을 뭘 해주어야 할까? 고등학교 졸업식에는 가입교 훈련 중이라서 선물은 고사하고 참석도 못했었으니, 요참엔 관광버스를 불러서 졸업 축하 부대를 동원할까?

본인이 원하는 걸 해주자는 결론에 달하여 녀석에게 물었다.

"아들! 졸업 선물로 무얼 받고 싶은지 깊이 고민하고 말하렴."

"제가 원하는 걸 정말 선물로 주실 수 있으세요?"

저 녀석이 도대체 얼마나 요란한 선물을 요구하려고 미리 저러나 은근슬쩍 겁도 나지만, 국력이 허락 되는 대로 해줄 거라고 큰소리를 쳤다. 아들이 원하는 졸업 선물은 짧은 한 단어에 불과했다.

"여자!"

츠암나! 제 놈 여자를 어디 가서 돈 주고 살 수도 없고 이걸 어쩐다?

"아! 그럼 엄마 머리에 꽃을 꽂고, 예쁘게 포장해서 배달할 테니까, 부담 갖지 말고 받아라."

녀석, 아빠의 여자라서 거절한단다. 적어도 다른 남자의 손을 타지 않은 여자를 선물로 받고 싶단다. 옆에서 듣고 있던 남편이 갑자기 아들에게 사정한다.

"야! 그러지 말고 너 줄게 제발 좀 가져라. 응!!!! 부탁이다. 제발 너

가져어~~~!!"

두 남자가 서로 안 갖는다고 침을 튀기는데 누워 듣는 선물은 기분이 대단히 나빠진다.

"정말 암도 안 가질껴? 나 그럼 확 가출해버린다."

이 정도 말했으면 그래도 누군가가 나서서 고정하시라고 말릴 줄 알았건만, 그건 지독히 어긋난 오산이었다. 남편, 두말없이 옷장에서 여행 가방을 꺼내더니 하는 말,

"가출하시는데 뭐뭐 싸드리면 될까요? 그리고 택배를 어디로 배달하면 반송이 안 될까요? 혹 수신 거부라든가 반송의 우려가 없는 주소를 정확히 불러주세요."

"내 어느 날인가 당신들 보란 듯이 가출해버릴 거다."

명백한 패배 앞에서 꼼지락거려 보지만 승리를 확신한 두 남자의 얼굴엔 승자만이 갖는 여유 넘치는 웃음만 가득하다.

P. S. 여자를 졸업 선물로 달라던 아들이 제 여자를 만나 작년 11월에 결혼을 했다. 올해가 저물기 전에 예쁜 아기까지 낳게 된다. 하지만 아무리 봐도 아들의 여자보다는 남편의 여자가 더 아름다운 것 같다.

딸 같은 여자

남편이 친구들과 기분 좋게 한잔 걸치고 집으로 돌아오는 길. 중년이 될랑 말랑한 여자 셋이 반갑게 아는 척을 했다. 학교 급식소에서 일하시는 여사님들이었다. 자기네들끼리 회식을 하고 노래방을 가던 길에 「사과나무」라는 프로에서 막춤의 진수를 보여주었던 '김쌤'을 만났다는 것이다.

반색을 하는 여사님들을 향해 그냥 '안녕히' 하고 마는 것은 여성에 대한 예의가 아닌지라 남편은 접대용 멘트를 날렸단다.

"제가 맥주 한잔 대접할까요?"

여사님들은 노래방에 가는 길이었으니 그곳엘 동행하자고 하더란다. 그걸 거절하는 것 또한 여성에 대한 예의가 아니라서 무조건 같이 갔겠지?

노래방에 자리를 잡고 노래를 부르기 전, 여사님들이 친밀감을 높이기 위해 인사를 던지더란다.

"선생님! 따님하고 팔짱끼고 산책하는 모습 자주 뵈었어요."

"저도요!"

"저도요~!"

남편은 어안이 벙벙해지지 않을 수 없었다. 낳지도 못해서 길러보지도 못한 딸이라니?

"저는 딸이 없는데요."

"엥? 그럼 그 딸같이 생긴 젊고 예쁜 여자는 누구예요?"

"그러게요. 영락없이 아버지하고 딸로 보이던데……."

여사님들이 딸 같은 여자와 남편이 데이트하는 모습을 보았다는 장소는 우리 집 바로 아래에 있는 공원으로, 산책삼아 둘이 심심찮게 나다니는 곳이다.

귀가한 남편의 처음 기분은, 세 여사님들과 노래방에서의 시간에 한창 업(up)된 상태였다. 그러다가 갑자기 기분이 팍 상하는 얼굴과 목소리로 위의 이야기를 끄집어냈다. 내가 그 순간을 절대 놓칠 리 없다.

"당신~! 그 딸같이 생긴 젊고 예쁜 여자가 누구야?"

여기서 남편은 엄청난 딜레마에 빠지고 말았다. 마누라라고 말하자니 쉰 살 넘은 마누라를 '딸같이 젊고 예쁜 여자'라고 인정하는 꼴이 되고, 아니라고 우기자니 것도 그렇고…….

"누구여? 그 여자가 누구냐니깐?"

그만둘 기세가 없이 발길질까지 해대는 마누라가 귀찮아진 남편은 그 수에 말려들어, 하고 싶지 않은 말을 뱉고야 말았다.

"참나! 집 근처 공원에서 팔 끼고 데이트 하는 여자가 당신 말고 누가 있겠어?"

"우하하하~!! 푸헤헤헤~!! 긍게 꺾어진 백을 넘긴 나의 미모가 세 여사님들 눈에는 딸로 보일 만큼 젊고 예뻤다는 것이지?"

자신의 답변을 듣자마자 기고만장한 얼굴로 떠들어대는 각시를 보며, 순간의 실수가 불러올 엄청난 파장을 생각하며 남편은 눈앞이 깜깜해졌을 것이다.

"어후~! 신경질 나. 나는 왜 이리 젊고 예쁘게 생겨서 당신의 딸 같다는 오해를 벌써 몇 번을 받지? 내가 아무리 젊고 예쁘게 생겼기로서니 당신의 딸로 보다니, 짜증난다."

남편은 더 이상 대꾸해봤자 본전치기도 안 된다 싶었는지 이불을 머리꼭대기까지 뒤집어쓰고 묵비권을 행사했다.

다음날 아침, 출근하는 남편에게 하루의 수고를 격려하는 뽀뽀를 해주며 점잖게 물었다.

"여보야아~!! 그 딸같이 생긴 젊고 예쁜 여자가 누구라고?"

똥 뀌고 성낸 아들

돌을 넘긴 지 얼마 안 되는 녀석이 말을 한다고 입을 열라치면, 저게 도대체 어느 별의 상용어인지 판단이 안 섰다. 눈만 마주치면 끊임없이 무슨 말인가를 쏟아내는 녀석을 보면 생텍쥐페리의 어린왕자를 대하는 기분이 들었다. 그 외계인과 내가 살고 있던 집은 아래로 쑥 내려간 부엌에서 뒷마루가 안방으로 연결되는 한옥이었다.

요양 차 머물던 기도원에서 모처럼 집에 와 저녁을 준비하는데 녀석은 정지마루에 선 채 왈왈거리는 소리로 꽤 심각한 간섭을 해댔다. 상을 차린 후, 남편의 밥그릇을 거기 올려놓고 석유곤로 위에서 다 된 밥을 퍼서 보온밥솥에 옮긴 후에야 허리를 폈다.

어?? 분명 빈 그릇이었던 남편의 밥그릇에 노르스름한 물이 반 넘어 차 있다. 내가 보리차를 따라 놨었나?? 비우려고 그릇을 집어보니 따뜻하기까지 하다. 그러고서야 보니 밥상에까지 웬 물이 튀어 있다. 외국 방언처럼 떠들고 있는 녀석의 얼굴을 봤다.

얼라리여? 녀석의 얼굴은 회심의 미소를 듬뿍 띤 채 득의만만(得意滿滿)했다.

"얌마!! 아빠 밥그릇에다 쉬를 하면 어떡해?"

기겁에 자만한 어미는 큰소리부터 쳤다. 녀석의 반응이 더 가관이다.

"울랄레 올랄레 쌀라 쌀라…… $%&*@#&!"

얼굴에 핏줄이 서도록 항의를 하는데 모성 본능으로 통역을 할라치면,

"옷에다 쉬를 안 하고 그릇에다 얌전히 쌌는데, 칭찬은 못 해줄망정 왜 혼내십니까?"

뭐 요런 뜻이었다. 그 무렵 녀석은 기저귀를 떼기 위해 우유팩이나 깡통에 대고 쉬를 하는 연습 중이었다. 제 깐에 기도원에 있다가 모처럼 집에 온 엄마가 미치도록 좋고, 그 엄마한테 잘 보이려고 빈 깡통(?)에다 일을 본 모양이었다. 참나! 똥 뀐 놈이 성낸다더니 애비 밥그릇에 오줌 싸고 큰소리는 자기가 더 치고 있었다.

다른 그릇에 남편의 밥을 담아 저녁을 먹는데, 요 녀석 그 그릇을 찾아내 들고 와서는 또 떠들어댔다.

"아들이 지금 뭐라는 거야? 왜 밥그릇을 들고 와서 저러는데?"

"오늘 옷에다 쉬 안 하고 거기다 했다고 자랑하는 거야. 저게 당신 밥그릇이거든. 버리려고 내놨는데 잘도 찾아왔네."

이어지던 남편의 말이 더 가관이었다.

"왜 버려? 깨끗이 씻어서 쓰면 되지. 새끼 오줌인데 약 되겠다."

결국 남자는 그 밥그릇에 몇 년을 밥을 담아 먹었다.

맨발로 자정을 밟는 여인

　자정을 넘긴 시각. 아파트 동과 동 사이를 한 남자가 여자의 손목을 질질 잡아끌면서 걸어가고 있었다. 여자의 차림새를 보아하니 집에서 나온 듯 운동복 차림에 양말도 없이 여름 샌들을 신었다. 여자는 지나가는 사람에게 도움이라도 청하는지 발악하듯 소리를 질렀다.

　"저기요, 집에 남편이랑 애들이 기다리고 있어요. 저 그냥 보내주세요, 부탁이에요."

　팔목을 부여잡은 남자는 여자를 쓱 쳐다보더니,

　"아줌마! 그렇게는 안 돼요. 이 밤은 제가 가자는 대로 가야 합니다."

　곁을 지나던 초로의 아저씨는 두 남녀가 묘한 사이임을 감지했다는 듯 힐끔거렸다. 초로의 아저씨는 몇 번인가 고개를 돌려 수상한 남녀를 보다가, 동굴처럼 입을 벌리고 있는 성냥갑 속으로 사라졌다. 아저씨가 사라지자 두 남녀는 웃음을 압축시키며 자정이 넘어버린 아파트 마당에서 몸을 비틀었다.

　"아까 그 아저씨가, 젊고 예쁜 아줌마가 바람나서 어느 남자하고 사고 쳤나보다고 생각했을 거야. 그래서 이 오밤중에 집에서 불려나와 저렇게 끌려간다고 했을 거야."

　손목을 잡아끌던 남자가 여자의 말에 이의를 제기했다.

　"젊고 예쁜 아줌마? 그건 아니지~~. 나이 먹어 폭삭 삭은 여자가 주책이라고 생각했겠지."

　사연인즉, 자정을 땡 치는 순간에 오늘을 안 넘기고 집에 왔다는 귀가 보고를 한 남자가 운동량을 물었다.

"오늘? 그냥 숨쉬기만 열심히 했어."

심각한 만성빈혈과 자꾸만 저하되는 체력을 해결하기 위해 운동을 해야 한다며 자정을 넘긴 시각에 끌려나왔다. 아파트를 돌며 제발 몸 생각해서 걸으라는 훈시를 듣고 있던 중이다. 이불 속에서 붙들려나와 억지로 걷고 있는 모습은 엉덩이를 뒤로 빼고 질질 끌려가는 꼴이다.

"지나는 사람 있으면 아까처럼 또 해야지. 진짜 재미있다."

또 그러면 그때는 아까처럼 점잖게 대응하지 않겠다며 마누라를 대상으로 험한 언어가 줄넘기를 한다. 듣다보니 영 거슬려 남자의 종아리를 세차게 걷어찼다.

"우~~쒸! 아무리 농담 따먹기고 간접 상황이지만 마눌님께 그딴 말을 갖다 대나?"

다시 한 번 남편의 정강이를 향해 발을 뻗는데 신발짝이 휙 하늘을 날아 저만치에 떨어졌다. 이 남자, 웬 건수냐 싶은지 주워줄 생각은 안 하고 신발로 축구놀이를 한다. 남편은 각시가 한쪽발이 맨발인 채 아스팔트를 밟아도 여전히 신발을 축구공인양 이리저리 돌려 차댔다. 그렇다고 내가 신발 달라고 사정할 줄 알아?

나머지 한쪽 신발을 마저 벗었다. 예상치 못한 각시의 행동에 삥한 표정인 남자 앞에서 하늘을 향해 신발을 훌쩍 던져버렸다. 그리고 맨발로 자정을 즈려 밟았다.

"어이!! 여보!! 발 다쳐! 신발 신고 가아~!"

그러든지 말든지 맨발인 채 아파트 한 동을 지나쳐 집까지 뚜벅뚜벅 걸어와 버렸다. 발이 시리긴 했지만 남편이 주워올 거라는 계산이었다.

발을 씻고 나와 신발장을 힐끔 보니 신발이 없다.

"당신! 내 신발 안 주워 왔어?"

"주인이 무차별로 냉정하게 버린 신발, 그 불쌍한 신발을 도저히 주울 수가 없더라. 버림받은 그 상처를 주인이 치료해야지 남이 어떻게 하는 게 아니야."

그렇다고 남편 발에서 축구공처럼 채이던 신발을 주우러 갈 나도 아니다. 새로 샌들을 사려면 남편이 번 돈을 축내니 아쉬울 바도 없다. 곧바로 곤한 잠속으로 빠져들었다.

아침. 새벽운동을 핑계로 남편은 슬그머니 대문을 나섰다. 그가 돌아온 후 있어야 할 자리에 샌들이 가지런히 놓여 있었다. 그럴 줄 알았다는 야비한 웃음을 흘리는 마누라의 머리를 감기며 남편은 몇 번인가 꿀밤을 먹였다.

얼어버린 콘크리트길을 맨발로 걸어보던 밤. 조금 차갑긴 해도 거추장스러운 껍질 하나를 벗어버린 것 같은 시원함이라니……. 아파트 주차장을 맨발인 채 걸어보는 자유로운 기분을, 걸어보지 못한 당신이 어찌 알겠수?

무식한 집안

저녁 연속극에서 임신한 각시가 족발이 먹고 싶다며 신랑더러 사다 달라는데 남편이 그 말을 안 들어주자 삐져서 제 방 침대에서 눈물을 닦고 있었다. 그걸 본 우리 집 남자 왈,

"참나, 먹고 싶으면 지가 전화로 시켜 먹으면 되지. 요새는 새벽 한 시 넘어서까지 배달해 주는데 그걸 사오라고 남편을 볶냐?"

아무 말 안 했으면 사건도 안 터질 것이건만 그 말을 듣는 순간, 양가집 규수였던 여자가 남자의 옆구리를 찔렀다.

"여~~~~보! 나 족발 먹고 싶어. 으~~~~응? 나 아무래도 입덧 하나봐."

괜한 말을 했다 싶은지 무반응으로 텔레비전만 보는 남자. 남편의 침묵을 못 견딘 마누라는 옆구리를 찌르는 정도가 아니라 구멍을 내버릴 기세로 후벼 파며 족발 타령을 했다. 견디기 힘들었던 남자는 갑자기 날쌘 동작으로 씻지도 않은 발을 각시 입에 갖다 댔다.

"어이~! 족발 여기 있네. 언능 먹으소."

순간에 입속을 침입한 발은 고리타분한 냄새에다, 흘린 땀으로 적당히 간이 되어 짭쪼름하기까지 했다. 기겁을 하며 피하는 양가집 규수 입을 향해 사정없이 발을 들이밀며 남자가 하는 말,

"돼지족발이라고는 안 했잖여!"

쳐들어오는 발을 피해 침을 뱉어대며 "돼지! 돼지!"라는 말만 겨우 했다. 그렇다고 돼지족발을 얻어먹었으면 이렇게 하소연은 안 한다. 잠시 후 후환이 두려운지 남편은 친구를 핑계로 냅다 달아나 버렸다.

그리고 전화벨이 울렸다. 갑자기 남자의 양심이 살아나 족발을 시켰다느니 아니면 먹고 싶으면 시키라는 전화인 줄 알았다. 받고 보니 큰아들이었다. 대충 서로의 안부를 묻고 아들에게 도움을 청했다.

"아들! 엄마, 족발 먹고 싶다."

적어도 녀석으로부터 '주말에 제가 가서 사드릴게요.' 라는 대답이 나올 줄 알았는데 전화선 저쪽 아들놈이 상상을 훌쩍 뛰어넘는 대답을 했다.

"엄마! 주말에 집에 갈 때 발 깨끗이 씻고 갈게요. 상추하고 쌈장, 마늘, 풋고추만 준비하세요."

선뜻 이해가 안 되는 양가집 규수는 물었다.

"발은 왜 깨끗이 씻고 온다는데?"

"터럭까지 밀고 갈 테니까 제 족을 잡수세요."

에구!! 서러운 내 팔자야!!

막둥이 녀석이 자정이 다 되어 들어왔다. 만두를 쪄주다가 문득 이 녀석의 반응이 궁금해졌다. 족발이 먹고 싶다고 조용하게 말을 꺼냈다. 식탁에 앉아 있던 녀석이 말없이 양말을 벗더니 시큼털털하고 청국장 뜨는 냄새가 나는 발을 번쩍 들어 식탁 위에 올려놓는다.

"드세요. 숙성도 잘되었고요, 간도 잘되었을 걸요."

"야!! 니들 짰냐? 엄마가 족발 먹고 싶다는데 어떻게 세 남자가 똑같이 발을 내미냐?"

"엄마네 세 남자가 그러는 거, 전부 엄마한테 전수받은 건데요. 우리가 족발 먹고 싶다 했을 때, 엄마가 발 내밀며 먹으라고 했잖아요."

이그! 도대체 누가 죄인인 거지…….

물어달라며

장애인 신문사에서 「재활에 성공한 수기」라는 원고 청탁을 받은 지가 꽤 되는데 어느새 마감이 코앞이다. 지난날 글 스케치를 해놨던 것을 간밤에 꼬박 두 시간에 걸쳐 작업을 했다. 원고에 마침표를 찍고 보니 저장된 파일 이름이 원제목하고 다르다. '이름 바꾸기'를 열어 파일 이름을 바꿨다. 그런데 글을 다시 한 번 퇴고하려고 파일 불러오기를 눌렀는데 파일이 없다. 정신이 번쩍 들어 컴퓨터를 이 잡듯이 뒤지는데 분명 저장했던 파일이 흔적도 없다.

으~~!! 작품을 날려버렸을 때의 그 기분. 겪어본 사람은 그 심정 알리라. 자정을 꼴까닥 넘긴 시각이라 자려고 누웠지만 종적이 묘연한 파일 생각에 잠이 올 리 없다. 약도 오르고, 억울하고, 허망하고……. 닭 쫓던 개 지붕 쳐다볼 땐 지붕 위에 있는 닭 머리라도 보고 멍멍 짖겠지만, 이건 흔적도 없으니…….

글은 잠적하면서 잠까지 빼앗아갔나 보다. 다시 일어나 불을 밝히고 앉아 재작업을 했다. 작업을 마친 시각이 새벽 두 시 십 분 전. 아무리 살펴봐도 처음 글만 못한 것 같은데 몸이 한계상황에 달한지라 그 정도도 다행이라는 마음으로 잠자리에 들었다. 꿈에서는 글자들이 지들 멋대로 하늘을 날아 댕겼다. 잡아다놓으면 또 날아가는 글자를 쫓아다니는 꿈을 시리즈로 꿨다.

아침, 부족한 잠으로 인해 멍한 머리인데 다시 생각해도 약이 오르고 억울하다. 제일 만만한 남편에게 하소연이 하고 싶어졌다.

"여보! 나 지난밤 너무 억울한 일이 있었어."

내 앞선 생각으로 그리 말하면 화들짝 놀란 얼굴로 "뭐? 뭔데?" 할 줄 알았는데 남편의 반응은 무(無) 바로 그 자체다. 다시 같은 말을 반복해도 무슨 일이 있었느냐고 물어주질 않았다.

물어봐주지 않는 남편이 괘씸하고 서운해서 다리를 걷어차며 앙탈을 부렸다.

"좀 물어봐주라, 응!! 나 뭐가 억울한지 물어달란 말이야."

남편은 침묵시위에 진입했는지 밥만 꾸역꾸역 먹으며 고개를 살래살래 저었다.

"나 정말 억울하단 말이야. 뭐가 억울한지 제발 좀 물어달란 말이야~~!!"

수저를 식탁 위에 탁 소리가 나도록 내려놓고 벌떡 일어나는 남편. 그러곤 말없이 마눌 옆으로 다가왔다. 느닷없는 행동에 뜨악한 얼굴로 고개를 드는데, 번개처럼 허리를 굽힌 남편에게 왼쪽 팔뚝을 사정없이 물려버렸다. 속전속결로 마누라를 물어뜯으려다보니 이빨의 힘 조절이 안 되었는지 물려도 세게 물렸다.

아파하는 마누라를 보며 다시 수저를 드는 남편의 얼굴엔 행복한 미소가 가득 담겨 있다.

"야! 이 나쁜 인간아! 진짜 아프단 말여. 멍들었겠다. 개도 아님서 왜 사람을 물어뜯고 그래?"

"당신이 아침 내내 물어달라며? 나는 아픔 주기 싫어서 안 물고 싶은데 당신이 물어달라고 그토록 부탁을 하는데 어떻게 안 물어주냐?"

"여보! 또 물어줄까? 나 확실히 제대로 물고 싶은디."

오! 신이시여! 저 남자를 믿고 남은 생을 살아야 하나이까?

뭐 하는 중인데요

철수 씨가 운동을 나갔다 들어오면서 가쁜 숨을 내쉬며 후줄근하게 젖은 옷 그대로 욕실로 들어갔다. 날마다 파워워킹을 하며 '혼자 돌자 동네 열 바퀴'를 실천하는 바람에 아파트 단지 내에서 운동하는 철수 씨의 모습은 소문이 날 대로 난 터이다. 비가 오나 눈이 오나, 변함없이 마사이족처럼 걷기를 하고 있다.

그로 인해 우리 아파트 남자들은 느닷없는 바가지를 긁힌단다.

"당신 말이야. 저 선생님 좀 봐라. 눈이 오나 비가 오나 저리 한결같이 운동을 하는데 당신은 뭐 하는 거냐?"

남의 가정사는 알 바 없지만 슈퍼엘 나가 있으면 삼삼오오 모여든 각시들이 저그 신랑을 들볶았다고 내게 털어놓았던 이야기다.

하튼 그날도 숨을 헉헉거리며 막 샤워를 시작했는데 철수 씨 핸드폰이 울렸다. 벗고 있는 남자더러 나와서 전화 받으라고 할 수는 없는 터라 내가 전화를 받았다.

"여보세요! 김 아무개 씨 휴대폰입니다."

아리따운 목소리의 여자가 철수 씨를 찾는다. 별 생각 없이 욕실 문을 두들기며 전화를 건넸다.

잠시 후 샤워를 마치고 나온 남편은 혼자 킥킥 웃음을 터뜨렸다. 철수 씨의 자백을 들어보자면 문제의 전화 주인공은 텔레마케터였단다. 운동을 막 마치고 돌아와 가쁜 숨으로 샤워하는 중에 걸려온 스팸전화에 짜증이 났더란다. 지금 샤워 중이라서 전화 받기가 곤란하다고 말하려다 보니, 벗고 있다는 걸 공개한다는 게 좀 꺼림칙하더라나?

그래서 엉겁결에 나온 말이,

"지금 뭐 하는 중이라서 전화를 못 받겠는데요."

전화 넘어 아가씨는 당황한 목소리로 죄송하다며 후다닥 끊어버리더란다.

여기서! 그 아가씨는 도대체 '지금 뭐 하는 중'이라는 그 '뭐'를 뭐로 생각했는지가 영 궁금해졌다. 처음엔 여자가 전화를 받아 바꾸어줬는데, 전화를 받은 남자는 숨을 헉헉거리며 '지금 뭐 하는 중'이라 말하니……. 텔레마케팅을 전문으로 하는 사람이 순수한 의도로 '뭐 하는 중'을 받아들였다면 다음에 다시 걸겠다던가, 아니면 좀 더 생각해보라고 말해야지 당황하여 죄송하다고 한다는 게 좀 뭐 하지 않은가 말이다.

누가 그랬더라? 달려오는 쓰레기차 피하려다가 분뇨차에 받쳤다고……. 철수 씨 오늘 완전 그 꼴 됐다. 벗은 몸임을 감추고 고상함을 가장해보려다 대낮에 완전 '뭐' 하는 사람으로 취급당했다. 하긴 대낮에 '뭐' 한다고 누가 뭐라 하나? 웃자구요! 바람이 벌써 가을 냄새를 실어 나르네요.

발사 포인트

평소에 집안에는 남자라곤 한 사람밖에 없었다. 아침 일찍 밥 먹고 학교 가면 저녁 늦게 귀가하는 남자라서 별 부담을 모른다. 그런데 요 며칠 집안에 남자들이 우글거린다. 제대를 앞둔 작은아들이 말년 휴가를 나왔고, 큰아들은 나흘 동안 연가라고 집에서 머문다.

갑자기 늘어난 남자로 인해 화장실 문만 열면 여자는 괴롭다. 배설 문제를 해결할 때, 한 녀석의 모습을 스케치 해보자. 저희들끼리 팔씨름이네 뭐네 실컷 웃고 떠들다가 한 녀석이 화장실을 간다. 아무리 어미라지만 그래도 여성인데, 그 여성을 배려하는 마음에서 문을 닫고 일을 보냐 하면 No~!! 한 녀석은 문을 열어놓고 서서 일을 보면서 거실에 있던 녀석과 고개를 돌려가며 이바구를 한다. 이때 고개를 돌려 대꾸를 하고 있는 녀석은, 몸도 비스듬히 돌려지고 조준은 영 빗나가고 만다. 도대체 지구의 평화나 남북통일에 관한 긴급사안도 아닌데 쉬를 하면서까지 대화를 나누는 건 뭐냐 말이다. 거기까진 그래도 좋다. 뭐가 얼마나 급한지 물도 안 내리고 나오는 경우가 종종 있어, 그 뒤를 이어 화장실을 들어가면 역한 냄새가 코를 찌른다.

밀린 일을 마치고 집에 들어서니 일곱 시가 넘었다. 안 하던 일 처리하느라 깐에는 스트레스를 받았는지 피곤이 꾸역꾸역 몸을 짓누른다. 샤워로 피곤을 풀려고 화장실 문을 여는 순간 자칫 멀미를 할 뻔했다. 샤워기로 여기저기 물을 끼얹고 세제를 풀어 대충이나마 발로 바닥을 닦아냈다.

'으~~!! 짜증~!! 이 웬수들 도대체 조준을 어떻게 하는 거여?? 오

늘은 도저히 그냥 넘길 수 없다. 야무지게 한번 짚어야지.'

샤워를 마치고 나와 먼저 남편에게 다가갔다.

"여보~!! 물어볼 말이 있는데 솔직히 대답해줘."

"뭘?"

"발사를 할 때 가장 중요한 게 뭐야?"

"그야 조준이지."

"그걸 아는 인간들이 와 그리 조준을 못하는데? 냄새 땜에 아주 괴롭다. 바닥에 고인 누루스름한 물도 그렇고."

"우이쒸~!! 나는 앉아서 일 본단 말여."

어쩐지 조준이 가장 중요하다고 큰 소리를 친다 했더니 이유가 있었다.

다음은 컴퓨터 앞에 앉아 있는 작은아들이다.

"얌마~! 넌 발사할 때 가장 중요한 포인트가 뭐냐?"

이 녀석, 내 얼굴을 빤히 쳐다보고 눈을 끔벅거리며 잠시 생각에 잠기는 듯싶더니 간략한 답을 한다.

"파워요~!"

헉~!! 누가 공대생 아니랄까봐 발사에 가장 포인트를 줘야 할 부분이 힘이란다.

다음은 소파에 길게 누운 큰아들에게 화살을 던졌다.

"너는 발사할 때 무엇이 가장 중요한데?"

"엄마~! 나는 군인이라서 명령이 가장 중요해요."

욱~!! 심장을 찔렸다. 도무지 할 말을 찾을 수가 없어 멍하니 녀석들을 바라보다 후퇴를 결심하는데, 내 입을 막았다는 즐거움에 세 머스마들은 아주 쾌재를 부른다.

방학의 장단점

바야흐로 대학에 다니는 아들이 방학을 맞이하여 집에 머물러 있다. 사람처럼 간사한 게 없다더니, 그 말이 참인가보다. 첨엔 녀석들을 보내놓고 무던히 가슴앓이를 해대며 연습되지 않았던 이별 앞에 힘들어했었다. 그러나 차츰차츰 집을 독점하다시피 하는 것에 익숙해지며 편안함과 여유를 누리게 되었다. 하지만 나의 여유는 아들의 방학으로 박살이 나버린 것이다. 아들의 방학은 곧 나의 개학으로 이어졌다. 여기서 아들이 방학을 맞이하여 집에 있음으로 해서 발생하는 장점과 단점을 추려본다.

먼저 장점.

1. 잔심부름을 마구 시켜 먹을 수 있어 좋다.

2. 영계 손에 아침마다 냉, 온 주문대로 커피를 얻어 마실 수 있다.

3. 밥 먹은 그릇을 그냥 담가놓으면 알아서 설거지를 해준다.

4. 외출할 때 어머니 식사 준비를 할 필요가 없이 녀석을 윽박지르면 된다.

5. 심심한 시간에는 녀석과 고스톱을 칠 수도 있다.

6. 노래를 부르고 싶으면 돈 안 주는 기타 반주자로 부려 먹는다.

7. 시장 볼 때 짐꾼으로 제격이다.

아무리 생각해봐도 더 이상은 없는 것 같다.

다음은 단점.

1. 가계부의 출혈이 심하다.(시도 때도 없는 매식, 외식에다 심부름 뒤에 잔돈 떼먹음)

2. 몸도 안 좋으면서 커피 마신다고 날마다 바가지를 긁힌다.

3. 설거지할 때마다 부엌 바닥을 수영장으로 만든다.

4. 고스톱 칠 때마다 녀석에게 돈을 잃는 아픔이 있다.

5. 기타 반주 좀 해주면서 노래 못한다고 구박 더럽게 한다.

6. 시장 따라다니면 꼭 지 필요한 물건 앞에서 발걸음 멈추어 어미 속 뒤집는다.

7. 컴퓨터를 내 맘대로 못 쓴다.

8. 반찬이며 국을 자주, 많이 만들어야 한다.

9. 과자를 먹으면서 어찌나 흘리는지 집이 완전 개집이다.

10. 발을 잘못 들여놓으면 집안에서 길을 잃는다.(녀석이 아무데다 던져놓은 물건이 산더미)

11. 쌀이 배나 더 들어간다.

12. 제 침대 두고 눈만 뜨면 꼭 내 영역을 침범한다.

13. 집 안에서 오징어 썩는 냄새가 난다. (외출 후 돌아와 맘 내킬 때만 씻는 녀석)

14. 전화 통화 길다고 눈치 준다. (애인과 결별 위기!)

15. 지 공부하는 주제에 날마다 도서관 다닌다고 위세가 너무 등등 하다.

16. 옷 입는 거, 머리 빗는 거, 사사건건 잔소리다.

17. 텔레비전 채널 권을 뺏어갔다.

18. 낮 시간에 취미생활(낮잠)을 제대로 못한다.

19. 변기 주변에 누르스름한 물이 늘 고여 있다.

20. 외출시간 체크하며 눈치 준다.

21. 집히는 대로 아무 칫솔이나 막 쓴다.

22. 빨랫감이 두 배로 늘었다.

23. 날이면 날마다 바지 다린다고 다리미 꽂아 전기세가 많이 나온다.

24. 사사건건 지어미 말꼬리 잡고 늘어진다.

25. 장학금 좀 받는다고 알바도 안 하고 개긴다.

26. 내 흰 양말을 녀석이 신어 외출하려면 양말이 없다.

27. 새벽 두세 시까지 안 자고 거실에서 게임하는 놈 때문에 부부금슬에 문제 발생.

하다 보니 도무지 끝이 없다. 지금은 작은놈 혼자 방학 중이라 아등바등 이겨먹는데 다음 주말이면 남편의 방학, 그 다음 주면 큰아들의 방학으로 미리부터 머리가 아프다.

어제 저녁에도 머리를 자르려고 나가려 하니 녀석이 다리를 붙잡고 늘어진다.

"엄마! 내가 깎아 드릴게요. 그 돈 저 주세요."

"얌마! 너 개학 언제 하냐? 너 언능 너그 동네로 가라. 제발!!"

아들 구박한다고 눈치 주는 남편에게 불통이 튀었다.

"당신 개학하려면 며칠을 기다려야 하는 거야?"

남편은 무슨 말인가 하려다가 별 본전 못 찾겠다 싶은지 코웃음만 치고 만다.

배신당하다

어찌된 마누라가 남편의 귀가가 늦으면 다소곳이 기다리질 못하고 잠 오는 시간에 그냥 자버린다. 신경이 예민하여 잠이 올 때 안 자면 잠들기가 쉽지 않고, 겨우 든 잠 깨고 나면 다시 잠들기가 그리 어려울 수 없다. 통증은 꼭 잠들지 못하여 뒤척이는 밤의 틈새에 쳐들어온다. 그러기에 언제 들어오든 상관하지 않으니 제발 자는 마누라 깨우지 말기를 부탁했던 바이다.

간밤에는 자정까지 책을 읽다 잠자리에 누웠는데 이 생각 저 생각에 잠이 안 와 텔레비전을 켰다. 열두 시 사십여 분쯤 되었을까? 현관문 열리는 소리가 들렸다. 후다닥 텔레비전을 끄고 자는 척 누워 있었다. 마누라가 잠든 줄 아는 남자, 깨우지 않으려 조심조심 옷을 갈아입더니 양치를 하러 갔다. 순간 번개처럼 일어나 장롱 속에 몸을 숨겼다. 하도 숨어대서 찾아내는 것도 도사급이니 금방 찾겠지? 몸을 활처럼 구부려 장롱 문 앞에 발을 디디고 머리는 뒷벽에 기대놓고는 옷으로 몸을 가렸다. 금방 방으로 올 줄 알았던 남자는 한참을 기다려도 낌새가 없었다.

다리도 아파오고, 허리까지 아프더니 배까지 땅겼다. 거기다 밀폐된 장롱 속에서 옷으로 얼굴이며 상반신을 다 가렸더니 숨 쉬기가 힘이 들었다. 지금 내가 뭔 짓 하는 거야? 그냥 나갈까?? 옷 사이로 얼굴을 내밀려는데 남편이 들어오는 소리가 들렸다. 얼굴을 다시 옷 뒤에 묻었다. 잠자던 각시가 없어졌으니까 이곳저곳 찾겠지? 회심의 미소를 지으며 고통을 참았다.

'에고~! 팔, 다리, 허리, 어깨야!'

남편은 도대체 뭘 하는지 거실에서 또 한참을 머물러 있었다.

'여보! 제발 빨리 들어와서 날 좀 살려줘!'

장롱 속에서 혼자 애원을 하다시피 하는데 방문 열리는 소리가 났다. 그리고 이불 부스럭 거리는 소리. 마누라를 찾는다고 여기저기 뒤질 시간이 한참 지났는데 조용하기만 했다. 어라? 왜 조용한 거지? 이어지는 고요, 적막…… 그리고 코고는 소리……. 각본하고 달라도 너무 달랐다. 어쩔 수 없이 장롱 문을 열고 보니 대(大)자로 누워 자고 있다. 세상에나!!

"야!! 이 나쁜 남편아! 각시가 없어졌는데 찾지도 않냐??"

잠이 들려는 찰나, 남편은 기겁을 하였다.

"당신, 왜 거기 들어가 있어? 아까 분명 침대에 자는 걸 봤었는데……."

이 남자 처음 방에 들어왔을 때, 침대에서 자고 있는 마누라를 눈으로 확인했었다. 그러고는 볼일 마치고 돌아와서는 침대엔 눈길도 안 주고 깔아놓은 자리에 몸을 눕힌 것이다. 남편은 침대에서 자면 허리가 아프다며 바닥에 따로 자리를 편 지가 오래전이다. 눈으로 확인하지 않고 누워버렸으니 침대에 마누라가 없는 것을 알 리가 없다.

어지간히 힘도 들고 기대 밖의 모습에 억울하고 약이 올라 어떻게 그럴 수 있느냐는 말만 연발하는데 눈물까지 나왔다. 남편은 웃느라 걸음도 제대로 걷질 못하건만, 나는 지독한 배신 앞에서 눈물만 나왔다. 아닌 밤중에 홍두깨라더니 새벽 한 시 넘어 찔찔 짜는 마누라에게 남편은 미안하다는 말을 하며 달래기에 진땀을 뺐다.

"당신도 저 좁은 장롱 속에서 똑같은 자세로 삼십 분 동안 있어봐.

엉엉! 얼마나 숨이 막히고, 힘이 드는 줄 알아? 어떻게 그럴 수가 있어, 엉엉!"

"여보! 미안해! 정말 미안해! 내가 내일 맛있는 거 사줄게, 그만 울어라."

"이 배신자야!! 다음엔 내가 찾아주길 원할 때 즉시 찾아라. 나 장롱 속에서 죽는 줄 알았단 말이야, 엉엉!"

"그만 울고 지금 숨어. 그럼 내가 금방 찾을게."

장롱 속에 스스로를 가두느라 삼십 분 고생하고, 억지 부리며 우느라 고생하고, 나중에는 웃느라고 기운이 다 빠져버렸다.

버거운 삶

두 아들의 피부는 저희 엄마를 닮아선지 뽀얗다. 한여름 뙤약볕에서 놀고 나면 꺼멓게 타는 게 아니라 벌겋게 익었다가는 다시 뽀얗게 되돌아온다. 유난히 하얀 피부 때문에 큰 녀석은 억울한 말을 듣는다고 가끔 투정을 한다. 여름방학이면 학교에서 훈련을 받느라 꽤나 힘든 시간을 보내건만, 보는 사람들마다 사관생도가 훈련도 안 받느냐는 말을 자주 한단다. 동기들이랑 찍은 사진에서 녀석을 찾으려면 제일 흰 얼굴만 찾으면 틀림이 없다.

"얌마! 그래도 엄마 덕분에 귀공자처럼 보이는 뽀얀 피부를 가진 게 큰 복인 줄 알아야 한다."

그럴 때마다 남편은 윗옷을 가슴까지 걷어 올려 허연 뱃살을 드러 내놓고 자길 닮아서라고 극구 주장을 하지만…….

작은아들의 뽀얀 얼굴 위엔 점이 제법 있다. 옥의 티라더니 완전 그 꼴이다. 남편이 아들에게 방학 때 얼굴의 점을 빼주겠다고 말했다. 남 편의 제안을 덥석 받아들일 줄 알았더니 녀석은 거절한다.

"왜 안 하려고 하는데? 레이저 시술하면 통증도 없고 겨울에 해야 좋다던데."

내가 옆에서 거들어보건만,

"에이~ 그냥 생긴 대로 살래요."

하며 도리질을 한다.

"그러지 말고 엄마랑 같이 하자. 난 이참에 검은깨를 제거함서 코나 확 세워야겠다."

엄마나 가서 하시란다. '너는 생긴 대로 살겠다 하고 엄마만 보내려 는 저의가 뭐냐?' 고 묻자 녀석의 기가 막히는 대답이라니…….

"저야 생긴 대로 살아도 별 문제가 없지만, 엄마 얼굴은 생긴 대로 살기엔 너무 버거운 인생이잖아요."

순간, 얻어맞은 뒤통수가 멍해지며 머릿속엔 사이렌 소리가 다가왔 다가 사라져 갔다.

"우히히히히히~! 푸하하하하하~!"

두 남자 잘하면 웃다가 창자 꼬이겠다. 남편은 고소해서 어쩔 줄 모 르는 얼굴로,

"그 말이 정답일세."

를 연발한다. 하도 어이가 없어 마시던 커피가 쓴맛인지 단맛인지, 뜨거운지 찬지도 분간 못하고 후루룩 마시다가 입천장만 데었다.

부 전 자 전

둘째 녀석이 주말을 맞아 집엘 오더니, 방바닥에 가방을 패대기쳐 놓곤 저녁 약속이 있다며 나가 열한 시가 넘은 시각에 제법 취기가 올라온 상태로 귀가했겠다. 갸네 아부지 역시 친구랑 잡힌 약속을 빌미로 나가더니 아들보다 두 발 늦게 귀가했다.

취한 아들 녀석은, 지 애비가 온 줄도 모르고 방에서 전화통 붙잡고 수다만 떨고 있다.

"야~! 너그 아부지 오셨는디 인사도 안 하냐?"

눈에 꼿꼿하게 힘을 실어 녀석에게 꾸지람을 던지니 벌떡 일어나 거실로 나온다. 그 시각 철수 씨의 모습을 그림으로 그려보자면 화장실 문을 열어놓고 팬티바람으로 양치를 하고 있었다. 화장실 문 바로 앞에 선 아들 녀석은 무릎을 구부려 애비에게 큰절을 올리며 말한다.

"아부지! 절 받으세요."

부자간에 하는 꼬락서니가 하 가관이라 내복 차림의 어미가 소리를 꽥 질렀다.

"얌마! 팬티바람으로 이빨 닦는 사람한티 화장실 문 앞에서 절하는 놈이 워딨냐?"

입을 막 헹군 철수 씨가 볼일을 보러 변기에 걸터앉으며 아들에게 말했다. 물론 화장실 문은 열려진 그대로다.

"나 이빨 닦느라 니 절 못 받았다."

"예? 그럼 다시 올릴게요."

하더니 작은아들은 문 열고 응가 중인 애비에게 다시 큰절을 올린다.

"웅~! 그래! 잘 지냈지?"

"예! 근데 제가 오늘 아부지께 연속 두 번 절을 올렸는디 어케 되는 것이데요?"

"뭐셔?? 그럼 오늘 네가 아부지를 사(死)자 맹글었단 말여?"

"글쎄요. 생각해보니 그렇게 됐네요."

환하게 불을 밝힌 화장실의 열린 문 앞에는 아들이 엎어진 채로 낄낄대고, 문 안쪽에는 엉덩이를 훤히 드러내고 변기에 앉아 볼일을 보던 남자가 숨넘어가는 웃음을 토한다.

세 남자의 음모

군에 있는 작은아들이 3박 4일 일정으로 외박을 나왔다는데 성탄 전날 귀대를 해야 한단다. 성탄절을 같이 보내지 못하는 마음이 무척 아쉬웠다. 남편은 그리 아쉽거든 성탄절을 지내고 보내자는 말을 했다. 아무리 내 자식이라지만 국가 안보를 책임진 군인이 가는 길을 막을 수는 없는 일이다.

3박 4일은 너무 짧기만 하였다. 더구나 녀석이 와 있는 중에 이틀 연이은 모임이 있던 나는, 아들에게 미안하기까지 하였다. 어미의 마음도 모르는 녀석은 자꾸 들어가고 싶지 않다는 말을 연발했다. 귀대 하는 날이 마침 아빠가 쉬는 날이니 태워다주겠다는 약속을 하였다.

아들이 돌아가야 하는 날이었다. 남편은 운동 약속이 있다며 부득불 차를 가지고 나갔다. 아들을 데려다주려던 계획에 차질이 생겼다. 다른 사람 차를 이용해줄 것을 부탁해 보았지만 어린아이도 아니니 혼자 가게 두라며 역정을 냈다. 이기적인 남편의 언사가 마냥 불쾌했지만 보는 앞에서 다툼이 생기면 행여 녀석의 마음이 불편할까 꾹 눌러 참았다.

운동을 나가는 남편은 아들을 포옹하며 '잘 들어가라'는 인사를 한다. 녀석은 침대에 비스듬히 누워 텔레비전을 보며 '다녀오세요'를 외친다. 다른 때라면 아빠에게 그런 식의 인사를 하는 녀석에게 호통을 쳤으련만 남편을 향해 못마땅해진 마음 때문에 입을 다물어버렸다. 잠시 후, 큰아들이 친구를 만나러 나가며 제 동생에게 인사를 한다.

"오늘 가면 언제 오냐? 잘 가라."

"어! 다음 달에 정기 휴가 나와. 잘 놀고 와."

형제의 인사도 너무 썰렁했다. 동생 용돈이라도 줄 일이지 간단한 인사만 던지고 휑하니 나가버리는 큰 녀석이 또 못마땅해진다. 작은 아들은 연신 내 주위를 맴돌며 가기 싫다는 말을 뱉어낸다. 보낼 준비를 하는 어미 마음은 시리다 못해 아프다.

점심을 먹은 녀석은 주섬주섬 옷을 챙겨 입고 집을 나선다. 애써 웃음으로 보냈지만 울컥 목울대에 통증이 온다. 아들을 보내고 컴퓨터 앞에 앉아 허전함을 달래는데 현관문이 열렸다. 작은아들이다. 놓고 간 것이 있어서 가지러 왔다던 아들은 아예 옷을 벗어 제킨다.

"지금 가기 싫어요. 네 시나 되면 갈래요."

왜 오늘따라 유독 가기 싫어하는 기색을 보일까? 이불을 덮고 새우처럼 웅크린 채 잠이 든 아들을 보자니 안쓰럽기만 하다. 그래도 탈영병을 만들 수는 없는 일이다. 자는 녀석을 네 시가 되어가는 무렵, 흔들어 깨웠다.

"아들! 몇 시에 갈 거니?"

녀석은 찡그린 얼굴로 가야 한다는 말만 던지고 여전히 이불 속에 있다. 늦더라도 남편이 돌아오면 차로 태워다줘야겠다는 마음을 먹고 있었다.

"엄마! 상의 드릴 심각한 문제가 있는데요. 너무 놀라지는 마세요."

글 작업을 하고 있던 어미 곁에 바싹 붙어 앉으며 작은아들이 말한다. 가슴이 덜컥 내려앉는다. 가기 싫다는 말을 해대더니 뭔가 문제가 있었던 모양이다.

"저요. 사실은 오늘 아니고 모레 가거든요."

"모레 또 집에 온다고?"

선뜻 녀석의 말이 접수가 되지 않았다. 눈을 동그랗게 뜨고 제 말 뜻을 못 알아듣는 어미를 향해 지난번 모범대원 상을 받았던 부상으로 2박 3일의 특박이 주어졌단다.

그제야 상황 파악이 된 나는 비명을 질러대는데 녀석은 즐거움에 숫제 메뚜기처럼 뛰고 있다. 알고 보니 2주 전에 나만 빼고 가족 모두가 알고 있었다. 나를 속이기 위해 보안유지를 하느라 꽤나 신경을 썼다는 가족들. 어쩐지 귀대해야 할 녀석을 향한 식구들의 인사가 이해가 안 갈 만큼 냉정하다 싶었는데 이제야 사건의 실체가 확연히 드러난다. 3부자는 즐거워 죽겠다는 얼굴로 천기누설을 할 뻔했던 위기의 순간을 밝힌다.

세 남자의 거대한 음모에 철저하게 왕따를 당한 분노는 삶을 웃음으로 장식하게 했다. 덕분에 작은아들과의 2박 3일 일정이 공짜처럼 좋기만 했다. 떠난 자리는 여백이 아닌 새로운 기다림이 자리하였다. 하루 또 하루는 덤으로 사는 것 같지만, 알고 보면 그렇게 소중한 나날인 것을…….

숨겨놓은 여자

모 방송사의 아침 드라마가 종방을 하며 새로 시작할 연속극에 대해 광고를 내보내고 있었다. 그중에 나오는 대사 한 토막,

"날더러 당신의 숨겨놓은 여자가 되라고?"

라는 부분이 귀에 딱 꽂혔다. 모처럼 누워 텔레비전 시청을 하던 속 없는 마눌은 철수 씨의 옆구리를 쿡 찔렀다.

"여보야~! 나도 당신의 숨겨놓은 여자가 되고 싶어."

"……."

"아님 당신이 내 숨겨놓은 남자가 될래?"

"……."

우리의 철수 씨가 침묵을 고집하는 경우는 딱 두 가지가 있다. 그 첫 번째는 마눌의 말이 하도 말도 안 되는, 그래서 대꾸할 가치도 없다 싶을 때다. 두 번째는 잘못 대꾸했다간 된통 당하기 십상이라 뭔 말을 어떻게 하여 위기를 모면할지 심각히 궁리하는 경우다. 한참이 지나도 남자는 여전히 침묵이었다.

내가 했던 말 자체를 잊어버리고 다른 이야기로 진도가 나갔는데 남편이 갑자기 몸을 벌떡 일으켰다. 그러고는 이불을 펼쳐 마누라를 꼭꼭 감쌌다.

"머리카락 나올라. 손도 가리고 발도 가리고……."

가뜩이나 작은 코로 숨쉬기가 늘 곤고한 마눌을 이불 속에 묻느라 남편은 굉장한 열심을 냈다.

"됐지? 당신 이제 완전 숨겨놓은 여자다. 영희 어업~~~~~~~

따!!"

"에고~! 숨 막힌단 말여!"

마눌의 외침은 간단히 무시하고 여전히 이불을 꼭꼭 단속하며 남편
은 말했다.

"내가 말여, 당신 말에 어떻게 대처해야 할지 엄청 고민했거든. 당
신이 원하는 거라면 난 다 해주고야 말잖아."

이구~! 뭐한다고 드라마 대사는 흉내 내 가지고 화를 자초했는
지…….

싸게 팝니다

재벌집 남자와 지극히 소시민층의 여자가 사랑을 한다. 남자에게는
이미 집안과 집안이 약속한 여자가 있다. 남자는 자신이 가진 모든 것
을 다 포기하고서라도 사랑하는 여자와 결혼하겠다고 반항을 한다.
이때 빠짐없이 등장하는 재벌집의 수법은 여자에게 돈 봉투를 건네는
것이다. 남자에게서 떨어지고 다시는 나타나지 않는 조건으로 평생을
먹고 살기 부족함이 없을 만큼 거액의 돈이다.

이런 장면을 보며 느닷없이 철수 씨에게 애원 아닌 애원을 했다.

"여보야~~ 누가 행여 나 5천만 원 준다고 팔라고 해도 팔지 마. 나

버리지 말아줘!"

깐에는 제법 동정을 구하는 말투며 표정으로 남편에게 매달려보는 이른바 안 하던 짓을 하는 것이다.

"뭐어? 5천만 원? 나는 누가 5만 원만 준다면 그냥 팔아치울란다. 에그! 누가 5만 원에 사간다는 사람 없나 몰라."

잉?? 인간이 각시가 여자답게 연약하고 조신한 모드로 나가면 그냥 남자답게,

"난 세상을 다 준다 해도 당신이랑은 안 바꾼다."

이렇게 나가야 드라마가 엮어지는데 뭐라고?

착한 아내로 탈바꿈하려고 시도하면 그 마음을 헤아리질 않고 엎어치기를 하는 바람에 도전과 응전의 법칙에 의하여 자꾸만 어긋나는 것이다.

"세상에 내가 5만 원밖에 안 되냐?"

"아이구야~ 깎아달라면 깎아줄 수도 있다. 당신도 누가 나 5만 원에 산다고 하면 후딱 팔어."

나!! 남편의 말에 당연히 펄쩍 뛰고 강한 부정을 표했다.

"난 절대로 당신을 5만 원에는 안 판다. 내 어찌 당신을 5만 원에 팔겠어?"

크흐~! 감격해 마지않는 듯한 철수 씨의 표정이라니……. 하지만 한국말은 끝까지 들어봐야 한다는 진리를 잊으셨나?

"그냥 두어도 매달 5만 원의 몇 배가 넘는 돈을 벌어다주는디 미쳤다고 5만 원에 파냐? 생각해봐. 남는 장사가 아니잖여. 혹 몰겠네. 1억 이상 주고 팔라 하면 그때는 팔아치울 수도 있는디……."

잘 나가다 삼천포로 빠져버려 한 바퀴 돌아 결국 낙동강 오리알이

되어버린 철수 씨.

"긍게 월급봉투 때문에 못 판다고?"

빤한 얘기를 뭐 할라고 되물을까이?? 되물어봤자 상처만 더 깊어질 걸…….

"에이그. 내가 오늘 또 당했다."

떨떠름한 표정으로 본전치기도 안 되겠다 싶은지 그 문제에 대해 입을 다물어버리는 남편이다. 내가 애걸 모드일 때 그냥 받아줬음 그 모양까진 안 갔을 것 아녀?

아들의 믿음

이 여자, 또 자식 이야기 한다고 흉볼지도 모르는데 그럴지언정 날씨가 너무 좋아 가슴을 멍들게 하는 주말 오후에 웃어보자고 입을 열어본다.

아파트에 살기 전 다섯 살짜리 큰놈이 저녁이면 꼭 제 동생이 쓰는 아가용 변기에 응가를 했다. 소변은 마루에 선 채 마당을 향해 해결했다. 낡은 한옥 마당에는 큰 감나무가 두 그루나 서 있어 잎이 무성한 계절에는 하늘을 다 가리곤 했다. 달이 휘황하게 밝은 날, 바람에 흔들리는 감가지가 문풍지에 비치면 영락없는 전설의 고향 그 판이었다.

큰아들이 아기 변기를 가지고 방에서 용변을 보던 것을, 담대한 남자가 되라며 마루로 내쫓았다.

"아들! 무섭걸랑 예수 이름으로 물러가라!! 이렇게 큰소리로 외쳐봐. 예수님 이름만 들어도 귀신이 도망간단다."

그 후 밤이면 마루에서 들리는 녀석의 절규를 들어야 했다.

"예~~~~수 이름으로 물러가라!!"

몇 번을 외쳐도 녀석의 무섭증이 안 가시나보다. 갑자기 울음 섞인 아들의 목소리가 들렸다.

"엉엉!! 예수 이름으로 가, 가아! 가란 말이여!"

그렇게 얼마를 보낸 후 몰인정한 어미는 아들을 화장실로 내몰았다. 사실 화장실이란 단어보다 변소라는 명칭이 더 어울리는 곳이었다. 누구 소행인진 모르지만 화장실을 희미하게 비추던 5촉 알전구는 깨져 있었다. 변소 지붕 위에도 감나무가 어스름한 분위기를 연출하여 한밤에 갈라치면 등덜미가 서늘해지는 곳이다. 마루에서 내쫓긴 아들은 기발한 생각을 찾아냈다. 세 살 난 제 동생을 달고 가는 것이었다.

살짝 두 녀석을 훔쳐보자면 큰놈은 재래식 변소에 쭈그리고 앉아 "예~~~~수 이름으로 물러가라!"를 외치고, 작은놈은 문 앞에 쭈그리고 앉아 돌아가지도 않는 혀를 굴려 제 형의 말을 흉내 내고 있었다. 용무를 마치면 녀석은 마무리도 제대로 하지 않고 방을 향해 꽁지 빠지게 뛰었다. 마당을 가로지른 후 날다시피 토방을 올라 신발 한 짝은 마루 밑에, 한 짝은 마당에 팽개치고 방으로 달아나버렸다. 형을 따라나섰던 동생은 걸음도 그만 못하지만 꼭 아빠 구두나 할머니 고무신을 신고 나선지라 냅다 뛰는 형을 따라 잡을 수 없었다.

뭘 모르고 앉아 있다 배신당한 작은아들은 동네가 떠나가도록 울음을 터뜨렸다. 오밤중에 작은아들의 통곡을 마무리하고 큰놈의 옷을 벗겨 검사를 해보면 제대로 닦지도 않고 동생을 팽개치고 뛴 것이 드러났다. 그런 다음날이면 제 깐엔 미안했던지 선교원에서 준 간식을 남겨와 동생 손에 쥐어주곤 하였다. 한두 번 당했으면 안 따라나설 법도 한데 작은놈은 아파트로 옮기기 전까지 줄기차게 형의 업무 보는 문 앞을 지켰었다. 순수했던 녀석의 믿음이 길이길이 지켜졌으면 좋으련만……

양심과 욕심 사이

남편이 가까이에 위치한 골프장을 다녀왔다. 시간상 그리고 경제적 여건상 18홀까진 어렵고 6홀 퍼블릭 코스에 베짱이 맞는 사람들끼리 즐겨 다니는 모양이다. 건강을 생각해 운동을 나가놓고는 뒤풀이가 대부분 술풀이가 되어버리니 그게 좋은 건지 나쁜 건지 판단하기 어렵다.

저녁 여덟 시나 되어 전화가 왔다.

"여보오~!! 나 오늘 운동 끝나고 집 바로 앞에 무슨 식당에서 밥만 간단히 먹고 들어갈게."

알았다고 대답이야 했지만 와봐야 오는 것이다. 하여튼 밥 한 그릇을 간단히 먹는데 두 시간을 투자하고 귀가한 남편은 들어오자마자 가방을 통째로 뒤집어 세탁기에 빨래를 털어 넣었다.

다음날, 늦은 오후에 빨래를 돌렸다. 남편의 바지를 집어 구김을 터는데 동전이 땡그랑 소리를 내며 한 바퀴 돌다가 바닥에 눕는다.

'칫! 빨래방 아줌마 수고료 한번 싸다.'

바지를 널려는데 주머니에서 두툼한 뭔가가 잡혔다. 손수건을 접은 채 그대로 집어넣은 모양이다. 주머니 속에 손을 넣어 내용물을 꺼내려는데 손수건의 감촉이 아니다. 손에서 동물적으로 느껴지는 감각은 돈이다. 접혀진 두께감이 제법 되는 것으로 보아 한두 장은 아니다. 혹 전부 천 원짜리면 어쩌나 싶은 마음으로 주머니 안의 내용물을 꺼내보니 만 원권 지폐가 돈세탁이 되어 뭉쳐 있었다.

어두컴컴한 베란다 구석에서, 가로등 불빛에 젖은 돈을 세어보았다.

"한 장, 두 장, 세 장……. 열다섯하고 2천 원. 그럼 얼마지?"

느닷없는 공돈에 숨이 가쁘고 머리가 빙빙 돌아 손가락과 발가락을 동원해서 계산해보니 152,000원. 아니다. 아까 바닥에 떨어진 100원까지 합하여 152,100원이다. 느닷없는 횡재가 꿈인가 싶어 허벅지를 꼬집어도 보고, 수도꼭지를 틀어 발에 찬물을 끼얹어 봐도 주인에게 버림받은 152,100원은 내 손 안에 있었다. 돈을 주웠다는 기쁨에 이어 곧바로 욕심과 양심의 치열한 내적 싸움이 전개되었다. 주인이 누군지 훤히 아는 마당에 이걸 주워야 하나?

일단 내 주머니에 집어넣고 차분하게 나머지 빨래를 널었다. 방에 들어와 남편의 얼굴을 마주하는 순간, 돈을 줘야겠다는 양심보다 욕심의 지배를 택해버렸다. 자꾸만 삐져나오는 웃음을 견딜 수 없어 애매한 장롱을 여닫기를 반복하였다. 남편은 아내에게 아무런 낌새를 느끼지 못하고 오로지 텔레비전에만 정신이 집중되어 있다. 웃음을 참을 수 없어 화장실로 도망하여 양치질을 해대며 웃었다.

아주 많은 돈도 아니지만 그렇다고 152,100원이 결코 적은 돈도 아닌데 찾지도 않아? 그렇게 주인의식을 갖지 않는 돈이라면 그건 당신 돈이 아니고 내 돈이다. 마음을 가라앉히고 다시 방으로 돌아와, 양심의 소리에 따라 동전 100원짜리를 그 앞에 던져줬다.

"자! 이거 당신 바지 주머니에서 나왔다. 당신 돈이니까 당신이 가져가."

텔레비전을 보던 남편은 암 말 없이 동전을 집어 전화기 옆에 홀떡 던져놓았다.

침대에 누웠는데 주머니 속 젖은 돈이 자꾸만 밖으로 머리를 내미는 기분이다. 아침에 눈떠서 바지를 뒤지며 "어이! 주머니에 돈 혹시 없든가?" 하고 물어오면 그때는 사람 꼴이 우스워질 게 뻔하다. 다시 거실로 나와 남편이 읽고 있던 책 속에 고이 넣어두었다. 아침에 그가 찾으면 당신이 읽고 있던 책 속에 잘 됐다고 말할 것이고, 찾지 않고 출근을 한다면 그 돈은 분명 하늘이 내게 준 돈이다.

드디어 아침. 남편이 대문 밖을 나서기까지 상당히 많은 눈치를 살폈다. 다녀오겠다는 남편 볼에 뽀뽀를 하고 돌아서는 순간 승자의 여유로운 웃음이 마구 터져 나왔다. 기분 좋게 책 속에 넣었던 돈을 집는 순간 갑자기 현관문이 벌컥 열렸다.

"헉! 아고, 깜짝이야!"

기겁을 하는 마누라를 향해 남편은 어이가 없다는 표정이다.

"당신 뭔 죄졌냐?"

"죄는 무신 죄여? 느닷없이 대문이 벌컥 열리니까 놀랐지."

"근디 왜 얼굴까지 벌게지고 그래? 꼭 애들 나쁜 짓하다가 들킨 그런 얼굴이네. 차 키를 안 가지고 나갔어."

얼마나 놀랐는지 차 키가 도통 눈에 띄질 않았다. 기다리다 못해 신발을 벗고 방에 들어온 남편은 텔레비전 앞에 있는 차 키를 집어 들며 다시 한 번 수상쩍다는 듯 마누라를 쳐다보았다. 남편이 나가자 즉시 문을 걸어 잠갔다. 책 손의 돈은 아직도 축축한 채로 얌전히 있는데 놀란 가슴은 도무지 진정이 안 되었다. 절도, 그거 아무나 하는 거 아닌가보다.

오후가 되자 제법 뻔뻔해진 마음은 하루의 말미를 더 허락해보았다. 내일 아침 출근 전까지 말하면 순순히 돌려줄 것이고 그도 아니면 그건 내가 확실히 먹기로……. 먹고 난 다음 탈이 나면? 말 그대로 먹고 부대끼는 거지 뭔 수가 있나?

웃음에도 중용이 필요하다

과유불급(過猶不及). 뭐든 지나치면 부족함만 못하니 중용을 지키라는 사자성어이다. 살아오면서 우리는 중용을 지키는 것이 얼마나 힘들고 어려운지 숱하게 경험하였을 것이다.

구정 아침이었다. 군인신분이라 명절엔 늘 부재중이던 두 아들과 모처럼 명절을 같이 맞게 되었다. 이른 아침 바쁜 몸을 놀린 후, 크리스천인 우리 집은 가족이 모여 예배를 드리고 있었다. 남편은 집안의 가장답게 근엄하게 예배를 인도하고 있다. 준비 찬양에 이어 사도신경을 외우고 찬송 한 장을 더 부르자며 찬송가 페이지를 말한다. 자주 부르는 찬양이라 누구나 잘 아는 곡이다.

인도자가 먼저 선창을 하는 순간, 남편을 제외한 모든 가족은 뜨악한 표정으로 서로를 바라보았다. 너무나 잘 아는 찬송가인데 남편이 선창한 음은 이제껏 들어보지 못했던 희한한 곡조가 흘러나온 것이다. 가늠할 수 없는 음으로 첫 소절을 부르던 남편은 두 번째 소절에 가서야 어렵사리 제 음을 찾았다. 문제는 되찾은 음이 하이소프라노에 가까웠다. 어떻게든 따라 부르려던 아들 녀석들은 고음 불가 구역에서 입을 다물어버렸다.

내 입에서 갑자기 웃음이 터져 나왔다. 남편은 무안해하는 기색이 역력한데 웃음이 절제되지를 않는다. 참으려고 기를 써보건만 터진 웃음은 이미 통제 불능 상태에 달해버렸다. 예배시간 내내 웃음 때문에 고개를 들지 못하고 연신 쿡쿡거리고 있는데 스스로 생각해도 도가 지나치다 싶었다. 남편의 얼굴을 훔쳐보니 자신의 실수 앞에서 끝도 없이 웃어대는 아내를 향하여 마음이 상했음이 역력히 드러났다.

'이 선에서 그만 웃어야 한다. 이제 제발 그만 웃자.'

다짐에 다짐을 하건만 속에서 치받고 올라오는 이 원수 같은 웃음을 어찌하랴!

터지는 웃음보를 힘들게 누르며 아침을 먹는데, 여전히 웃음은 기침처럼 터져 나왔다. 밥을 국에다 말아 고개도 들지 못하고 초고속으로 입 안에 떠 넣었다. 가급적 빨리 자리를 뜨는 것이 상책이다 싶었다. 곁에서 밥을 먹던 큰 녀석 눈에 어미의 그런 행동이 영 불안하였던 모양이다. 언짢아하는 아비의 기색을 감안하여 그만 웃으라는 뜻으로 녀석이 내 옆구리를 슬쩍 찔렀을 때, 순간 입 안에 든 밥을 국그릇에 뿜고 말았다. 급기야 남편은 수저를 놓고 방으로 들어가 버렸다. 시어머님이 며느리 편을 들어준다며 왜 웃는 걸 가지고 시비냐고 남편을 나무라지만, 불난 집에 부채질하는 꼴밖에 되질 않았다.

분명 그만 웃어야 함을 아는데 웃음이 그쳐지질 않았다. 설거지를 하는데 아들이 다가와 어미의 웃음이 너무 지나쳤다고 말하며 아빠의 마음을 풀어주라고 했다. 방 안으로 들어서 보니 남편의 표정이 제법 살벌하다.

"여보! 화났어요? 미안해. 안 웃으려고 하는데 이상하게 웃음이 절제가 안 돼."

남의 실수를 그렇게 즐거워해도 되느냐고 상한 마음을 남편이 털어놓는데 웃음이 또 터졌다. 기분을 풀어주려고 접근했다가 더 상하게 하고 말았다. 방문을 닫고 돌아서 나오는 나는 또 웃고 있다. 남편이 던진 말들로 인해 내 기분마저 언짢은데도 여전히 웃음이 그치지 않는 것은 이 무슨 해괴한 병이란 말인가?

웃으면 복이 온다, 웃는 낮에 침 못 뱉는다, 웃음이 보약이다 등등. 웃음이 삶에 얼마나 좋은 윤활유로 적용되는지 많은 속담이 있다. 하지만 그 좋다는 웃음도 때와 장소를 가리지 못하고 정도에 지나치면 화가 됨을 나이 한 살을 추가하는 날 아침에 몸으로 깨달을 줄이야!

내 마흔아홉의 설날아침은 웃음이 죄가 되어 남편의 눈치를 살피고 사과까지 하고 언짢은 말까지 들어야 하는 다소 불쌍한 시작이었다.

웃음에도 중용이 필요함을 선인들은 왜 지적하지 않았는지……. 자판을 두들기며 혼자 웃는 아내가 수상쩍은지 남편은 몇 번인가 모니터를 살피려 든다. 그때마다 창을 닫고 짐짓 딴청을 부리며 웃음을 삼켜야 하는 이 고통을 그 누가 알아줄까?

진정 난 몰랐네

누가 그 노래를 불렀더라? 비에 젖은 목소리로 '그토록 사랑했던 그 사람' 하면서 '진정 난 몰랐네' 하는 그 노래. 오늘날 진정 내가 몰랐던 나를 알아버렸다니까. 나는 노래를 제법 잘하는 편인 줄 알고 이 나이 먹도록 살아왔다고. 목소리 큰 거 시합하면 맞수가 없었거든. 학도호국단이 있던 여고시절 '연대 차렷!' 을 외치는 내 목소리는 길 가던 언니 귀에까지 들렸을 정도면 더 말할 것이 없지.

소리만 꽥꽥 지르는 일에만 간택이 되었으면 노래를 잘한다는 착각은 안 하고 살았을 것이야. 1,500명의 학생을 상대로 오디션을 거쳐 뽑는 교내 합창부에 나는 꼭 소프라노로 발탁이 되더란 말이지. 그래서 '아! 난 노래를 잘하는 아이구나.' 하면서 성장기, 사춘기를 거쳐 중년기에 달했지. 작은 교회지만 우리 교회 성가대에서 내가 빠지면 소프라노 소리가 팍 죽는다고들 하질 않나, 가끔 지휘자의 지목 아래

솔로도 했어. 그것도 부활절 칸타타 공연 중에 한 곡을 솔로로 불렀으니 노래를 잘한다는 생각을 충분히 할 만하잖아?

친구들이나 가족들끼리 노래방에 가면 다들 잘했다고 박수를 쳐주기에, 노래방서 썩긴 너무 아까운 재능이라고 생각도 했었지. 가끔 목소리가 엄청 크다는 둥, 소리만 꽥꽥 질러댄다는 말을 들을 때면 성량이 너무 풍부한 탓이라고 생각했어. 선배 하나는 만났다 하면 노래방에 가자고 하는데, 내가 「광야에서」와 「그대 그리고 나」를 부르며 고음으로 올라갈 때는 아예 귀를 손으로 틀어막더라고. 그 모든 말이나 행동을 풍부한 내 성량 탓이라 여겼어.

모임을 다녀오던 길에 남편이 어느 노래방으로 나를 이끌고 가대. 노래를 부르면 그걸 녹음해주는 곳이라는 거야. '아!! 드디어 내가 첫 음반을 내는구나!' 하는 감격으로 한 시간 동안 정말 열심히 노래를 불렀지. 그리고 손에 쥔 테이프 하나. 나~! 무지무지 기대했어. 얼마나 멋진 목소리가 거기 담겨져 있을까? 이걸 복사해서 좋아하는 사람들에게 보내려면 도대체 몇 개를 복사해야 할지 고민도 했어.

그날은 너무 늦은 시각이라 테이프를 미처 못 듣고, 다음날 아침 첫 팬이 될 아들들이 있는 데서 테이프를 재생시켰지. 으잉? 이게 누구여? 남편과 그 졸개들은 데굴데굴 구르며 귀를 막아대고, 곱지도 않고 아름답지도 못한 목소리로 테이프 속 여자는 말 그대로 소리만 꽥꽥 질러대는 거 있지. 어후! 정말 창피하더라. 놀라서 후다닥 꺼버렸는데 웬 찬스냐 싶었는지 한 이불을 덮는 남자는 달려들어 소리를 높이며 다시 트네.

노래를 그렇게 못하는 줄 진정 난 몰랐어. 목소리가 그토록 심한 탁음이며 듣기 거북한 줄 알았다면 노래하는 데 가서 잘난 척은 안 했을 거야. 친구나 언니들이랑 같이 노래방에 가면 음정이 불안하다느니 목소리가 거슬린다는 구박을 숱하게 받았는데, 왜 그들의 진실을 받아들일 수 없었을까?

진짜 문제

남편은 아침을 먹으며 반찬 담아올 박스를 챙겨달라고 했다. 식당을 하는 시누이가 반찬들을 줄 테니 그릇을 챙겨오라고 했다나? 준다는데 누가 말려? 김치 담아올 박스는 큰 걸로 준비하고, 반찬을 담을 그릇들도 챙겨서 비닐봉지에 담아두었다.

"여보~! 가급적 많이씩 담으라고 해."

마눌은 침대에 벌러덩 누워 아침 드라마를 보면서 콧소리 섞인 말로 배웅을 대신했다. 드라마가 끝난 후 커피 한잔의 여유를 즐기려고 거실로 나와보니 현관 앞에 박스를 담은 비닐봉지가 그대로 있다. 으이그…….

그릇을 안 챙겨 보냈다는 벌(?)로 시누이는 파김치 조금에 나물 몇 가지를 위생 팩에 넣어 보냈다. 기세 좋은 남편의 건망증 덕에 무지막지한 손해를 본 셈이다.

세트로 샀던 주물 냄비 손잡이가 며칠 전부터 흔들거렸다. 흔들리는 손잡이를 바로 잡으려고 살펴보는데 조일 나사가 없다. 아침밥을 먹은 마눌은 냄비 손잡이를 잡고 위아래로 흔들어 보였다. 이것이 이렇게 생겼으니 알아서 수리하라는 일종의 시위였다. 자세히 살펴본 철수 씨 왈,

"납땜으로 고정을 시켜놨네. 가지고 가서 두들기면 되겠다."

하며 냄비를 현관 앞에 놓았다. 그러고는 한마디를 보탰다.

"근디 챙겨놓으믄 뭐하냐? 또 놓고 갈 것인디……."

설거지를 하던 마눌이 차분하고 조용히 말했다.

"놓고 가는 게 문제가 아녀. 가지고 간 후에 안 가져오는 게 진짜 문제지."

기습공격이라도 당한양 남편은 멍한 얼굴로 마눌 얼굴만 바라보더니 웃음을 터뜨렸다.

"듣고 봉게 그것이 진실이네."

"그러지이~. 놓고 가는 것은 불행 중 다행인 거고, 들고 나가서 안 가져오는 것은 불행 중 불행이고, 갖고 나가서 잘 수리해서 잘 챙겨온다면 천만다행인 거고."

"그렇게 팍팍 쑤셔놓아야 속이 시원하냐?"

하면서 마누라를 손가락으로 찔러대던 철수 씨. 자아~!! 아침에 자존심을 팍팍 긁어놓은 덕분에 냄비를 챙겨들고 나가긴 했는데, 그 냄비가 집으로 무사히 돌아올지 어떨지 그것이 진짜 문제다.

패가망신의 진수

뱃살 줄이기에 도전장을 내밀면서 훌라후프를 돌리고 있거든. 안쪽에 돌기가 있고 무게가 좀 나가는 훌라후프 있잖아. 생각나면 20여 분 정도 돌리고, 생각 안 나면 말고 그렇게 흘러가거든. 사실 내가 뱃살에 신경 쓸 몸매는 아니잖아?

훌라후프를 돌리고 있는데 철수 씨가 문을 열고 들어오더니, 모처럼 운동을 하고 있는 마누라의 모습에 감격을 하는 거야. 양치를 하면서도 마누라의 훌라후프 돌리는 모습을 연신 훔쳐보며 말하더라.

"그걸 어떻게 돌리지? 나는 아무리 해도 안 되던데."

그 순간 나의 작은 콧대가 사정없이 높아져버린 거 있지.

"참나~! 허리라고 다 같은 허리인 줄 알아?"

하면서 바람소리가 나도록 더 세게 돌렸어. 문득 단조롭게 반듯이 서서 돌리는 게 별 재미가 없더라. 그래서 다리 하나를 소파에 척 올려놓고 훌라후프를 돌리기 시작했어.

"당신, 이렇게 못하지? 못하지? 할 수 있음 한번 해봐바~! 해봐아~!"

철수 씨는 마누라의 해괴한 포즈에 어이가 없다는 표정이더라. 늘씬한 다리를 자랑하겠다고 바지를 무릎 위까지 둘둘 말아 올려놓은, 딱 모 심으러 가는 아낙 패션이었거든. 어쨌든 자신은 돌리지도 못하는 훌라후프를, 마누라가 다리 하나를 소파에 올려놓고 돌리는 모습에 우리의 철수 씨가 감탄을 하려는 순간, 바로 그 순간이었어.

허리에서 무게중심을 잃은 훌라후프가 '삐그덕' 하더니 손으로 붙잡을 새도 없이 낙하를 한 거야. 그러면서 소파 위에 올려놓은 발등을 사정없이 찢어버리는데 숨이 턱 멎는 고통이 전해져 오더라. 살도 없는 발등, 지 혼자 늘 아파서 열이 끓는 발등을 허리에서 휙휙 돌던 훌라후프가 낙하를 하여 찢어버렸으니 얼마나 아팠겠느냐고?

"아이고~! 아퍼!! 에고! 에고~!"

마눌은 발등을 붙잡고 죽는 소리를 내는데 영원한 천사표로 오인된 철수 씨는 웃느라 숨을 못 쉬더라고.

"잘난 척할 때부터, 내 알아봤다."

대단히 유쾌하게 말하는 인간이 생각할수록 미워 절뚝거리며 다가가서 뒷발로 차보건만 발은 여전히 아프기만 했어. 딱 그 선에서 그만두었어야 했는데…….

강의를 듣고 있는데 피곤하고, 졸리고, 지겹고 기타 등등으로 가만히 앉아 있질 못하겠더라고. 그래서 또 훌라후프를 들고 나왔지. 보란 듯이 바람 가르는 소리를 내며 철수 씨 염장을 긁은 거야.

"사람이 얼마나 부족하면 훌라후프도 못 돌리냐? 한번 돌려봐바바바~! 돌리면 500원 줄게에~!"

"안 해~!"

"홍~! 당신은 안 하는 게 아니고 못하잖아~~!"

내가 생각해도 말투의 깐족대는 수위가 도를 넘었지 싶었어. 벌떡 일어나 거실로 나온 철수 씨가 제안을 하나 하는 거야.

"다리 하나 들고 해봐. 소파에 올리지 말고 그냥 들어봐."

"그럼 얼마 줄 건디? 설마 수십 년 갈고 닦은 나의 묘기를 거저 보려는 심보는 아니제?"

"만 원 줄게."

그리하여 나는 휙휙 바람을 가르도록 훌라후프를 돌리며 왼쪽 다리를 조심스럽게 들어 올렸어. 그 순간, '탁~!' 하는 경쾌한 소리를 내며 훌라후프가 왼쪽 무릎을 사정없이 찧고 말았어. 나는 소파에 무릎을 끌어안고 나뒹굴고 말았지. 전날보다 더 세게 찧었으니 눈물이 나도록 아픈데 작년에 새로 교체한 인공관절이 깨진 건 아닌지 싶어지더라고.

남은 아파서 말도 못하고 무릎을 문지르며 단말마적인 비명만 지르는데, 그 곁에서 남자는 숨이 넘어가도록 웃어대는 거 있지. 마누라가 깐죽대어 열 좀 받았기로서니 천금 같은 아내가 몸부림을 치는데 그럴 수가 있는 거야?

평화를 위한 사탕발림

요즘 들어 철수 씨가 느닷없는 아픔을 자주자주 호소한다.

"여보오~! 나아~ 오늘 종일 머리가 너무너무 아팠어."

신랑이 하루 온종일 머리가 아팠다는데 그 말을 듣는 각시의 반응은 그저 시큰둥이다.

"그랬쪄?"

잠시 후, 드러누운 채 철수 씨는 가슴을 움켜쥐며 말한다.

"가슴이 터질 것 같이 아팠었다."

"어, 그랬구나."

고개도 안 돌리고 발딱 자빠져서 역시나 시큰둥한 마누라다.

며칠째 얼굴만 마주하면 머리와 가슴이 아프다고 말하고 있다. 남편이 아프다는데 각시 반응이 왜 이 따위냐고? 처음에는 멋모르고 빨리 병원에 가지 뭐 하는 거냐고 소리를 질렀다. 그런데 아픈 이유를 듣고 보니 병원에 가봤자 뾰족한 치료방법이 없을 것 같아 계속 아프라고 놔두는 거다.

머리를 감싸 쥐며 깨질듯이 아프다고 말하던 첫날, 직장에서 스트레스를 많이 받았나 했다. 혈압이 극에 달했나 싶어 혈압계를 꺼내고 호들갑을 떨었다.

"누가 오늘 당신 승질 건드렸어?"

그런데 아프다고 말하는 남자가 빙글빙글 웃는다. 으잉? 아프다면서 뭐가 저리 신나하는 얼굴이래?

"혈압 때문이 아니란 말여. 하루 종일 당신을 너무 많이 생각했더니 머릿속에 당신이 꽉 차 있어서 머리가 아프당게."

참나! 20대 청춘도 아니고, 쉰 넘어 재혼한 신혼도 아닌데 뭔 닭살 돋는 소리인지. 앞으로 계속 머리가 터지도록 아프라고 놔둬버렸다. 머리 아프다는 말에 마누라가 반응을 안 보이자 이번에는 가슴이 아프다고 말한다.

"왜? 요참엔 또 뭔 문제로 가슴이 아퍼? 누가 가슴팍을 돌로 짓이겨?"

"당신을 가슴으로 얼마나 그리워했던지 가슴이 터질 것 같아."

"어허~! 그러셔? 인제 봤응께 머리랑 가슴 아픈 거 다 나앗겠다?"

그래도 여전히 아프단다. 보고 있으면 더 보고 싶어서 머리가 아프고, 그리운 이를 곁에 두고도 더 그리워져서 가슴이 아리단다.

아들들에게서 전화가 오자 징징 우는 목소리로 나 때문에 머리와 가슴이 아프다고 호소한다. 아들들의 반응은? 저들 부부가 저리 유치하게 논 것이 하루 이틀도 아닌지라 그러려니 하며 웃고 만다. 그럼 철수 씨가 말에 책임을 지고 마눌 얼굴을 계속 쳐다봤느냐고? 말만 마치면 집에서 갖는 본연의 자세로 돌아가 텔레비전 리모컨을 가슴에 끌어안고 스포츠 찾아 삼매경이다. 심지어 마누라가 살그머니 나갔다 들어와도 모른다.

다음 날, 퇴근한 철수 씨를 향해 먼저 아픔의 강도를 물어봤다.

"오늘은 머리와 가슴이 얼마나 아팠는데? 죽어야 낫는 병인디 일 났네. 근데 당신 그 말은 어디서 주워듣고 써먹는 거여?"

선수를 뺏긴 철수 씨의 표정은 멍~~~!!

"쒸이~! 앞으로는 머리랑 가슴 안 아플란다."

부부로 살아온 세월이 28년인데 남편의 말대로 보고 싶고 그리워서 머리와 가슴이 터지도록 아프다면 진즉 숨이 끊어지고 말았을 거다. 수술 후 우울 모드를 고수하며 도통 웃음을 보이지 않고, 사람을 만나는 것도 회피하는 마누라에게 반짝 웃음이나마 안겨주려는 그 마음. 창작이든, 주워들은 말이든, 사탕발림에 불과한 말이지만 가슴으로 웃었다.

한날, 한시에 어른 된 사이

"당신이 엄마 배 속에 있을 때, 나는 유치원에서 머리 좋다고 상 받았어."

여수 앞바다를 턱하니 앞에 두고 싱싱한 생선회를 먹느라 바쁜 마누라에게 이 남자 어른 행세를 하려 든다.

"내가 대학교 1학년 때 당신은 빵꾸난 빤쓰에 검정 고무신 신고 국민핵교 댕겼제?"

"응! 맞어. 근디 그게 어쨌다고?"

소주잔을 만지작거리며 혈압 올려 나이를 거론하는 남자에게 건성으로 대꾸하며 먹기에만 바쁜 여자다.

"내가 강릉 비행장에서 전투기 탈 때, 니 뭐했냐?"

"그때? 그때가 그랗게 당신이 스물세 살 때이면 나는 이팔청춘이었네. 근디 당신이 전투기를 탔었다고?"

연신 회를 집어 입 안에 넣으면서도 접대 차원에서 대꾸와 물음을 한마디씩 던진다.

"하늘을 나는 전투기는 아니고 땅에다 바퀴를 딱 붙이고 서 있는 전투기엔 올라가봤다."

참나! 별것이 다 자랑이다.

태풍 매미로 전국이 폭격 맞은 듯 상처를 입었을 때 바닷가에 지어놓은 집의 안부가 궁금하여 여천엘 들렀다. 흡사 전쟁이 휩쓸고 지난 듯 상처투성이인 집을 청소하고, 이불이랑 집기류들을 햇빛 아래 널었다. 전기마저 끊겨버려 어쩔 수 없이 여수 소호요트장 근처에 저녁을 먹으러 나간 자리다. 혼자 태풍 피해복구며 집 청소를 할 때, 거들 떠도 안 보고 잠만 잤다고 열 받았나? 왜 뜬금없이 어른 대접을 받겠다고 저리 혈압을 올릴까?

매미의 손톱이 지난 지가 불과 이틀 전이건만 호수처럼 잔잔한 여수 앞바다 위로 어둠이 내리고, 멀리 달리는 차들의 불빛이 환상으로 다가올 쯤에 회 접시는 다 비워졌다. 고속도로 휴게소에서 아침도 점심도 아닌 어중간한 밥을 먹고는 내내 굶었던 터라 배가 무던히 고팠던 참이다. 입이 짧아 무얼 많이 못 먹는 식성에 비해 회는 꽤나 좋아하는 메뉴다.

태풍 때문에 출항을 못했고 그래서 고기가 없어 회를 듬뿍 줄 수 없다는 게 유감이라는 주인아주머니의 말을 듣고 보니 접시 위에 고기양이 형편없이 적었다. 이런 시국에 고맙게도 열변을 토하느라 먹는 걸 뒤로 미룬 남자 앞에서 내가 할일은 정신없이 먹어대는 것밖에 더 있겠나? 한참 만에 소주를 입 안에 털어 넣고 젓가락을 든 남자다.

"잉? 괴기가 어데로 다 가붓냐?"

"가기는 어딜 가? 상하기 전에 배 속에 저장했다. 왜?? 떫어? 먹을 것 다 먹었으니 나도 인자 할 말 좀 하자. 일곱 살이나 연상인 아저씨 모시고 사는 인생하고, 일곱 살 연하 여자 델꼬 사는 인생 중에 누가 더 억울한 인생이냐? 엉?? 당신이야, 나야? 우리 인간적으로 솔직히 대화를 나눠보자."

느닷없는 반격에 빈 접시만 바라보는 남자의 표정은 영락없이 패닉 상태다.

"그라고, 당신이 아무리 나이 많이 먹은 어른이라고 방방 뛰어봤자 당신이랑 나랑 한날, 한시에 어른 되고 부모 됐잖아. 혹 그전에 일찌감치 치룬 전과가 있다면 모를까. 전과 있어? 있음 말해!! 그럼 어른 대접해 줄게."

어른행세하려고 혈압을 올리던 남자는 그저 침묵이다. 전과가 있다 손 치더라도 있다고 말할 수도 없으려니와, 받아칠 말조차 생각이 나질 않는 모양이다. 기껏 한다는 말이 사라진 회에 대한 강한 불만을 표한다.

"우~쒸! 뭔 회를 한꺼번에 글케 많이씩 집어먹냐?"

늦어버린 밤. 음주운전을 시킬 수 없어 피곤한 눈을 껌벅이며 무려 세 시간 동안 나 혼자 운전을 하는데, 어른 대접 받으려다 무시당한 남자는 잠도 안 자고 뚱한 얼굴로 어련히 알아서 하는 운전에 잔소리만 해댄다.

한풀이

"왜 내가 당신에게 평생 미안한 사람으로 살아야 하느냐고? 내가 처음부터 이런 몸은 아니었잖아. 당신한테 시집와서, 당신 아들 낳고 이렇게 됐잖아. 으허엉! 으허엉! 컥!"

지구의 자전과 공전에서 발생하는 어지럼증을 고스란히 느끼고 있다. 정신이 없는 것도 아닌데 입이 통제되지 않는다. 아니, 솔직히 말하면 모처럼 잡은 기회에 28년 쌓인 한을 풀어보겠다는 고도의 전술이다.

　사소한 말이지만 친정을 걸고넘어진 것은 남편의 실수였다. 친정일이라고 평소 남편 앞에서 함부로 말했던 내 잘못도 없지는 않다. 그렇지만 처가식구들이 못마땅하다는 식으로 말을 한 것은, 금기된 선악과를 따먹은 아담의 실수에 버금가는 사건이 분명했다.

　"고마워! 안 그래도 맘이 아파 죽겠는데 당신이 보태주니 정말 고맙다."

　라는 말을 끝으로 나는 입을 봉해버렸다. 시베리아 벌판에서 긴급 공수한 찬바람을 품어대며 퉁퉁 불은 얼굴로 3박 4일째 침묵시위를 벌이고 있었다. 늦은 밤, 답답해서 못 견디겠던지 남편이 술 한 잔을 권하며 대화 요청을 했다.

　불만 가득한 얼굴로 앉아 건네주는 복분자주 한 잔을 들이켰다. 쓰지도 않고 달달하니 먹을 만하다. 까짓 이 정도라면 하는 마음으로 거푸 두 잔을 더 마셨다.

　"우리 부부가 지금 왜 이래야 하는지 모르겠어."

　마셨던 복분자주 석 잔은 남편의 한마디에 다이너마이트와 같은 위력으로 폭발하였다. 친정이 들먹거려질 때 여자가 얼마나 큰 상처를 받는지 생각조차 못한다는 이 무책임한 발언이라니……. 눈앞에 고추잠자리가 도는 것처럼 몰려오는 어지럼증을 감수하며, 무엇 때문에 우리가 그리 되었는지를 눈물로 설명했다.

　"이 사람아! 없는 일도 아니고, 당신이 늘 했던 말들인데 뭔 난리야?"

　남편이 버럭 소리를 지르자 갑자기 뭉텅이 설움과 분노가 솟구쳤다. 술병을 입에 대고 벌컥벌컥 들이켰다. 술은 못 마시지만, 며느리의 친정에서 담가 보낸 좋은 복분자주이니 별일 없을 거라는 계산이 있었다. 그러나 달짝지근한 맛과 붉은 빛깔의 유혹은 속임수였다. 아슬아슬한 걸음을 옮겨 소파에 몸을 부렸는데, 파도에 흔들리는 작은 배 위에 누워 있는 기분이다. 나를 둘러싸고 모든 사물이 빠르게 강강수월래를 쳐댔다. 잠시 그러다 말겠지 하고 생각하며 쌓아둔 말들을 토해내기 시작했다. 복분자주는 세상에서 제일 억울한 인생이 나라고 격동시켰다. 단어가 생각이 안 나 글 작업이 자주 막히던 머리였는데, 술의 충동질 앞에서는 30년 전의 일까지도 세세히 기억나게 했다.

누군가 죽기라도 한 것처럼 울고, 미안하다고 빌고, 신혼 초부터 서운했던 것들을 조목조목 꺼내서 따지고, 그러다 또 울고⋯⋯. 대화가 불가능한 상태임을 감지한 남편은 취해서 횡설수설하는 아내를 진정시키려 무던히 애를 쓰고 있었다. 아내를 힘겹게 부축하여 침대에 눕히며 남편은 진땀을 빼고 있었다.

'이렇게 막말해놓고 뒷감당할 자신도 없으니, 지랄은 이제 그만 떨자.'

뒤탈이 걱정되어, 입에게 그만하라고 명령을 내리는데 도무지 말을 들어먹질 않았다.

"으아! 속이 너무 불편해. 죽을 거 같아. 여보! 나 너무 힘들어."

비명인지 절규인지를 지르는데 속에서 무언가가 역류를 하려 했다. 손쓸 틈도 없이 침대 모서리에 역류한 물질을 토해냈다. 얼마를 또 횡설수설하는데 다시 그 기미가 느껴졌다. 남편은 급히 턱 밑에 바가지 하나를 대주었다. 들여보낼 때는 분명 소량이었는데 나오는 것은 많기도 하다. 제 풀에 지쳐 얼핏 잠이 들었나보다.

속이 다시 거북해지는데 손 하나 까딱하기도 힘들어 남편을 불렀다. 그런데 대답이 없다. 옆자리를 더듬어보니 비어 있다. 어렵사리 몸을 일으켰는데 도저히 걸을 수가 없다. 비틀거리며 걷다가 자칫 넘어지기라도 하면 대형사고가 날 게 뻔하다. 그렇다고 역류현상을 막을 수도 없고, 침대에 토사물을 뱉어내면 내 잠자리가 없어질 터이니 다른 방법을 찾아야 했다. 방바닥을 향해 허리를 숙였다. 이젠 살만하다 싶어 몸을 뉘였는데 다시 역류가 일어났다. 좀 전에 허리를 숙였던 자리를 찾았다. 술 앞에서 절대로 만용을 부리지 않으리라는 굳은 결심을 하며 인사불성의 세계에 나를 묻었다.

아침을 맞고 보니 방바닥 꼴을 눈 뜨고 볼 수가 없다. 내 속에서 나온 물질이지만 첫눈의 느낌은 한마디로 더럽다. 그것도 아주 많이……. 바닥을 치우는 남편에게선 한숨도 없고 표정도 읽혀지지 않았다. 밤새 헤집어진 속은 하루를 보내도 가라앉을 줄 몰랐다. 발악에 가깝도록 떨어댄 간밤의 추태가 민망하여 종일 눈치가 보였다. 남편이 취중에 그처럼 막말을 했다면 나는 절대 그냥 넘어가지 못할 것이다. 하나하나 되짚어 따지고, 찔찔 짜며 남편의 사과를 받아내고서야 용서를 할 것이다. 그 후로도 한참 동안 상처는 나았어도 흉터가 남았다며 바가지를 긁을 것이다. 그러기에 나 역시 그 대가를 치러야 마땅하다.

"이제 나하고 술 마시자는 소리 안하겠네?"

머쓱한 얼굴로 말하는 아내를 바라보는 남편의 눈에 묘하게 미움이나 원망이 없다.

"뭔 소리여? 주당이 되는 과정의 하나니까 더 자주 마셔야지."

모임에 다녀온 남편이 유쾌한 목소리로 보고를 한다. 후배 한 사람이 모 대학의 객원교수로 나가게 되었다는 소식도 들려준다. 축하를 받은 후배는 다음 달에 사모님들을 모시고 거하게 한턱 쏘겠다는 말을 하였단다.

"야! 나 앞으로 우리 마누라에게 절대로 술 권하지 않을 거다. 엊그제 섣불리 권했다가 내가 아주 박살이 났다."

남편은 부부동반 술자리는 절대 반대라며 사건을 전했고, 남편의 친구들은 박장대소를 하며 말했단다.

"덕분에 형수님 귀한 글 한 편 건지게 되었으니 잘된 일이고만."

"야! 우리 마누라가 언제 자기 불리한 이야기 쓰는 거 봤냐?"

"맞아! 유작가가 절대로 그런 이야기를 쓸 사람이 아니지."

나는, 절대로 안 쓸 거라고 확신하는 그들의 기대를 저버리기 위해 이 글을 쓴다. 속이 후련한 걸 보면 매우 잘한 한풀이였던 것 같다.

2부

각시를 흘리다

Y교수의 망신살

　수업을 끝내고 집으로 돌아가는 길이었단다. 전날 차가 고장 나 정비공장에 맡겨놓은 터라 시내버스를 탔다. 운전을 안 하고 대중교통을 이용하는 편안함에 모처럼 몸을 맡긴 Y교수. 훈훈한 온기가 도는 버스 안에서 언 몸을 녹이려 햇빛이 잘 드는 곳을 골라 자리를 잡았다. 버스 맨 뒷자리였다. 간밤에 논문을 쓰느라 밤을 꼬박 새다시피 한데다가 점심을 먹은 후의 나른함과 차창으로 들어오는 햇살은 Y교수를 졸음으로 몰아넣었다.

　사회적 지위와 체면을 고려한 교수는 졸지 않으려 무던히 애를 썼다. 목을 돌려도 보고 눈을 크게 치떠 보기도 하고 허벅지를 꼬집어도 보았지만 눈치 없이 찾아오는 졸음을 이겨낼 재간이 없었다. 다리 위에 올려놓은 가방이 자꾸만 손에서 미끄러졌다. 이러다 가방을 놓치지 싶어 가방을 가슴에 꼭 끌어안았다. 세상에서 제일 무거운 것을 찾으라면 그 시간만큼은 다름 아닌 눈꺼풀이라고 대답했을 것이다.

　"쿵!" 하는 소리와 함께 Y교수는 자신의 몸이 바닥에 닿는 것을 느꼈다. 오후 고즈넉한 시간, 조용하던 버스 안에서 호박이 떨어지는 것 같은 소리에 승객들은 깜짝 놀라 뒤를 돌아다보았다. 의자에서 바닥으로 Y교수가 곤두박질을 쳐버린 것이다. 가방을 가슴에 꼭 끌어안은 채…… . 순간 정신이 번쩍 들었지만 Y교수는 엄청난 갈등에 휩싸였다. 처음엔 웃던 승객들이 이미 옆으로 몰려온 터였다. 그 순간 눈을 뜬다면 졸다가 굴러 떨어졌음을 버스 안에 광고하는 꼴이 되는데 이 사건을 어떻게 수습한다?

Y교수는 두 눈을 꼭 감고 바닥에 떨어진 자세를 그대로 고수하였다. 한 아주머니가 뺨을 두들기며 애타게 부르고 있었다.

"여보시오. 정신 좀 차려보시오이~. 워메! 우째야쓰까이? 젊은 사람이 실신했나벼."

이젠 멀리 앉아 있던 승객들까지 뒤로 몰려왔다. 기사는 별일 아닐 거라는 생각이었는지 여전히 가야 할 목적지를 향해 달리고 있었다. 누군가 기사를 향하여 버럭 고함을 질렀다.

"기사양반! 시방 사람이 쓰러져서 정신을 못 채리는디 병원으로 델꼬 갈 생각은 안 허고 그란다요?"

그때서야 기사는 차를 도로 한쪽에 세우고 달려왔다. 순간의 창피를 모면하려던 Y교수는 점점 커져 가는 사태를 온몸으로 느끼며 해결할 방도를 찾으려 식은땀을 흘려야 했다.

"워메! 우리 교수님이시네. 교수님! 정신 좀 차려보세요. 교수님!"

이런! 차 안에 학교 학생이 타고 있었나 보다. 처음엔 교수님을 꼭 닮은 사람도 있다고 생각했다. 그런데 몰려온 사람들 다리 사이로 드러난 얼굴은 분명 자신이 알고 있는 교수님이었다. 학생은 놀라서 달려왔고, 사람들은 학생을 향하여 이분이 교수님이시냐고 물었다.

"네! 저희 학교 교수님이세요. 엉엉!"

학생은 의식을 차리지 못하는 Y교수를 흔들며 이젠 훌쩍이기까지 했다.

아무리 생각해도 해결 방법이 떠오르지 않자 슬며시 눈을 뜬 교수님. 피골이 상접한 얼굴은 얼핏 실신한 것처럼 보이기에 충분하였다. 아주머니 한 분이 손가락을 세우며 몇 개냐고 물어왔다.

"세 개요."

"하이고! 다행이 뇌는 안 다쳤능갑네."

몰려 있던 사람들은 안도의 한숨을 쉬었고 기사는 병원으로 가자고 하였다. 괜찮다며 마침 집이 얼마 남지 않았는지라 교수는 버스에서 내렸다. 기사가 황급히 달려와 주머니에서 돈 3만 원과 전화번호를 건네주었다. 당장 가진 돈이 그뿐이니 우선 병원에 가 진찰을 받아보고 더 들어가는 진료비용은 전화로 연락을 달라는 것이었다.

어서 가주기만 바라는 학생은 교수를 따라 내리더니 한쪽 팔을 부축하며 병원으로 가 MRI를 찍자고 했다. 교수 체면에 졸다가 굴러 떨어졌다고 말할 수는 없어 괜찮으니 가보라고 말해도 학생은 막무가내였다. 속을 모르는 학생은 자신의 주변 사람 하나가 그런 경우를 당했는데, 처음엔 괜찮은 듯싶다가 나중에 후유증으로 죽었다는 말까지 하며 떠날 줄을 몰랐다.

Y교수는 피곤한 표정을 지어 보이며 조금 견뎌봐서 이상이 있으면 가겠노라고 겨우겨우 학생을 설득하여 돌려보냈다.

집에 들어선 남편을 보고 아내는 기겁을 하였다. 양복이 온통 흙투성이였던 것이다. 아뿔싸! 학생을 떼어 보내느라 옷에 묻은 흙을 터는 것을 잊어버린 것이다. 별 수 없이 아내에게 그날의 대형 사고를 이실직고하였다. 눈물을 닦아내며 웃어대는 아내는 불로소득이니 수입을 공평하게 나눠 갖자고 하였다. 하지만 그가 누구인가? 명색이 교수인데 3만 원에 군침을 삼키기엔 양심이 너무 걸리지 않겠는가?

저녁을 먹고 시내버스 기사가 적어준 번호로 전화를 걸었다. 낮에 버스 안에서 쓰러졌던 승객이라고 자신을 밝혔다. 기사는 깜짝 놀라 무슨 일이냐고 물어왔다. 돈 3만 원을 돌려 드리려 한다고 말하자 안도의 한숨을 내쉬며 기사는 강한 어조로 말했다.

"아무 일 없으면 다시는 연락하지 마슈. 댁 때문에 놀란 거 생각하면 지금도 가슴이 벌렁 거리요."

그래서 불로소득으로 얻은 3만 원 중 5천 원을 아내에게 바치고, 나머지는 5천원 권 상품권 다섯 장을 샀단다. 기말고사 시험을 치르고 나서 성적이 좋은 3등까지 한 장씩 상품으로 주고 나머지 두 장은 꼴찌 둘에게 줄 것이란다.

양심이 바로 선 교수님이라고 말하진 마시라. 아직까지 그 버스 기사에게 양심선언을 하지 않았고 증인인 학생에게도 체면 때문에 말하지 않고 있단다. 나를 어떻게 믿고 자신의 속인 양심을 털어놓았는지 모르지만 도서상품권 한 장이 내 손에 쥐어지지 않는 한, 교수님이 벌인 희대의 대형 사고(?)를 그 학교 게시판에 대대적으로 홍보할까 생각 중이다.

각시를 흘리다

S장로님네는 부부 교사입니다. 늘 겸손하고 웃음이 떠나지 않는 두 분은 교회 식구들 사이에 빛과 소금 같은 존재로 통하는 분들입니다. 구역예배를 마치고 담소를 나누는 시간이었습니다. 누군가 장로님의 부인 되는 권사님께 저렇게 좋은 남편 만나서 얼마나 행복하냐는 질문을 던졌습니다. 그러자 권사님이 갑자기 거세게 반발하였습니다.

"살아 봐요."

"왜요? 장로님이 집에선 이중인격 쓰세요?? 그럼 우리 청문회 한번 합시다."

권사님이 한 맺힌 이야기를 꺼내십니다.

집안에 큰 행사가 있어 혼자 장을 보러 갔답니다. 물건을 잔뜩 사고 택시를 타려는데 짐 꾸러미를 본 기사들이 차를 세워주질 않더랍니다. 택시를 잡을 수 없었던 권사님은 남편에게 전화를 걸어 구조요청을 했습니다. 전화를 받는 남편의 목소리가 유쾌한 것 같지는 않았지만 아쉬운 마당이라 어쩔 수 없이 남편을 기다렸습니다.

차를 몰고 나온 장로님은 차 안에서 나오지도 않고 트렁크만 열어주더라나요? 낑낑대며 혼자 트렁크에 짐을 싣고 나머지는 뒷좌석에 던져 넣었습니다. 물건을 차에 다 싣고는 앞자리에 타려고 발을 옮기는 순간, '부웅~!' 소리를 내며 차가 가버렸습니다. 기막히고, 황당하고, 약 오르고……. 별 수 없이 택시를 잡아타고 집으로 가보니 남편이 안 보였습니다. 장로님은 한참 후 헉헉거리며 집에 들어서더니, 부인을 향해 소리를 버럭 질렀습니다.

"당신! 왜 차에 안탔어??"

남편을 만나 그날처럼 서럽고 괘씸하고 열 받기는 처음이었다고 합니다.

장로님은 차 뒷문이 '꽝!' 하고 닫히는 순간, 아내가 뒷자리에 탄 줄 알고 쏜살같이 집을 향해 달렸습니다. 그리고 아파트 주차장에 도착해보니 각시가 없더라는 것입니다.

'이상타. 하늘로 솟았나? 땅으로 꺼졌나? 분명 뒷자리에 탔었는데……. 차 바닥이 구멍 나서 흘렀나? 문이 안 닫혀 밖으로 새버렸나?'

풀리지 않는 수수께끼를 품고 각시를 찾으러 조금 전 장소에 다시 가보았지만 찾을 길이 없었습니다. 당황한 장로님은 다시 차를 돌려 집으로 와보니 태어난 이후 그렇게 무섭게 생긴 얼굴은 처음 본다 싶은 여자가 씩씩거리고 있더랍니다. 부아는 아내가 더 나 있는데, 나름 놀랐던 장로님은 그만 자신도 모르게 소리를 버럭 질렀던 것입니다. 무릎을 꿇고 빌어도 시원찮은 마당에 소리를 질렀으니 그날 그 집 분위기는 안 봐도 훤한 그림이잖아요?

남의 집 불꽃 튀는 부부싸움 이야기에 함께한 모든 교인들은 배를 싸안고 웃는데, 권사님이 뼈 있는 한마디를 남깁니다.

"아직은 그날 일을 용서하지 않았어요."

이구! 어쩌자고 각시를 길에 흘리고 다녀서 그 수난을 당하는지…….

개만도 못한 입맛

단지 내에 있는 슈퍼마켓을 드나들기 시작한 것이 십오륙 년 전부터였을 것이다. 저녁 무렵, 무얼 사러 뽀르르 찾아가니 너무 익숙해서 전화만 해도 "107호 언니!" 하고 부르는 주인여자가 과자를 하나 건네준다. 아, 그러기 바로 전에 개를 데리고 왔던 앞 손님이 물건 값을 계산하고 나갔다. 암튼 건네주는 과자가 어린 시절 즐겨먹던 쫀드기인지라 추억을 되살려 한입 쭉 찢어 입에 넣고 오물거렸다.

그때, 친한 줄 알았던 슈퍼 여자가 하는 말,

"언니~! 이 과자가 맛이 없기는 없는 모양인지 개도 안 먹네."

"어? 뭔 말?"

"방금 나간 개 있잖아. 한 쪼가리 뜯어서 줬더니 입에 넣고 씹다가 뱉어버리네. 여 봐바~~!"

그러면서 개가 먹다가 뱉어놓고 간 쫀드기를 내 눈앞에 들어 보여준다.

"뭐시여? 긍게 시방 오늘날 방금 지금 현재, 개도 안 먹는 과자를 날 줬단 말여?"

"그건 아녀. 그냥 언니 주고 싶어서 줬고, 언니는 맛나게 먹었잖여."

"야~!! 그래도 어떻게 개도 안 먹는 걸 날 주냐?"

"깔깔 낄낄 히히 하하 호호!"

곁에 있던 동네 여자들이 포복절도할 정도로 웃어대며 하는 말,

"긍게 결론으로 말하자면 107호 언니 입맛이 개만도 못 하였고만."

으이그! 웬수들!

계란 후라이의 용도

어둑한 병원 복도에서 다리를 꼬고 앉은 내 모습을 보고 샤론 스톤을 닮았다고 말하여 사회적인 물의를 일으킨 그 남자. 어느 날 같은 교회 가족이 되었는데 의외로 너무 점잖은 스타일이었다. 나를 샤론 스톤으로 등극시키신 분 앞에서 속없이 굴 수는 없어 늘 조신을 가장하다보니 그분 앞에만 가면 지독한 내숭과가 되어버리곤 했다.

장로님 한 분이 갑상선 암 수술을 하셔서 문병을 가는데 주인공 집사님 차를 얻어 타게 되었다. 점심을 먹고 친구 집에 모여 앉아 이런저런 수다를 떨다보니 배꼽이 굴러다니도록 웃음판이 벌어져버렸다. 네 여자들이 바닥을 데굴데굴 구르도록 수다 판을 벌여주신 집사님의 얘기를 들어보자.

친구 중 하나가 심한 치질이 있었단다. 오래전 일이라 장항외과가 따로 있는 것도 아니고, 수술을 하자니 앞선 사람들의 경험상 통증이 무지 심하다는 말에 겁도 났다. 이러지도 저러지도 못하여 화장실만 가면 벌겋게 출혈을 해대곤 하였단다. 어느 날 누군가 좋은 치료법을 알려주었다. 계란 후라이를 새까맣게 태운 후 그 기름을 짜서 바르면 직방이라고 했다나? 워낙 오랫동안 치질로 고생하던 친구 분은 급한 마음에 집을 향해 내달렸다.

집에 들어서자마자 방바닥에 엎드리고는 아내에게 계란 후라이를 만들어서 팬째 들고 오라고 말했다. 아내는 무슨 영문인지도 모르고 남편이 시키는 대로 계란 후라이를 만들어 팬째 방으로 들고 들어갔다. 남편은 달덩이 같은 엉덩이를 드러내놓고 계란 후라이를 그곳에 붙이라고 했다. 별 희한한 짓을 다 하라는 남편이지만 치질로 워낙 고생을 하는 터라 아내는 암 말 없이 기름이 지글거리는 계란 후라이를 남편의 항문에 붙여주었다. 그순간 엎드린 남자는 천장에 닿도록 펄쩍 뛰었다나?

낫고 싶은 욕심에 자세한 말은 듣지도 않고 오직 계란 후라이 소리만 기억한 집사님의 친구. 낫고 싶은 강한 열망에 아내에게 계란 후라이를 한 번씩 들어서 호호 불어달라며 치질부위에 계란 후라이 핫 팩을 하였단다. 결과는? 웃지도 않고 전하는 집사님의 말에 의하면 심한 화상을 입어 닷새 동안 움직이질 못했단다.

계란 후라이가 그런 용도로 쓰였다는 것을 그 누가 짐작이나 했을까?

교장의 수준

야학의 교감선생님이 관상동맥 수술 때문에 입원을 하셨다. 단 며칠이지만 자리를 비워야 한다는 것이 보통 걱정이 아닌 모양이다. 이럴 때 이름뿐인 교장이 나서서 한몫을 거드는 것은 꽤나 명분이 서는 일일 것이다. 야학생이 등교하는 저녁 여섯 시부터 열 시까지 교무실을 지키며 수업에 차질이 없도록 당번을 서기로 했다.

1교시가 시작되고 십여 분이 지났을 무렵, 중학교 기초영어를 담당한 선생님으로부터 전화가 걸려 왔다. 심한 감기에 걸려서 학교에 오기가 어렵다는 것이다. 이미 수업은 시작되었는데 어떻게 해야 할지 대책이 안 선다. 말로는 걱정 말고 쉬라고 하였지만 보통 난감한 일이 아니다. 교실 문을 열고 영어선생님의 결근을 전하며 삼십 분 동안에 단어 다섯 개씩을 외우라는 숙제를 내고 자리로 돌아왔다.

삼십 분이 지난 후, 각자 외운 단어들을 써서 내라니 뜻까지 곁들여 제출한다. 솔직한 표현을 하자면 학생들이 단어를 틀리게 썼다 해도 분별할 능력이 내게는 없다. 남은 시간이 문제다. 문득 어릴 적 불렀던 꼬마 인디언 노래가 생각나 가르쳐주기로 했다. 분필을 들고 칠판에 노래 가사를 적기 시작했다. 'One little, two little.' 제법 그럴싸한 필체로 적어 나갈 때 학생들 입에서는 탄성이 터져 나왔다. 교장이 영어도 잘한다는 감탄이었을 것이다.

세 꼬마를 적어야 하는 데서 갑자기 벽을 만났다. 원, 투 다음이 쓰리임은 유치원생도 아는 바인데, 3이란 숫자의 스펠링이 머릿속에서 튀어나오질 않는다. th까지 적다가 멈칫하던 머리는 온통 여백이 되어버렸다.

"쓰리 스펠링이 생각이 안 나네요. 누가 좀 불러주세요."

야학생들 입가에 묘한 웃음꽃이 피어나고 있었다.

"교장선생님! 쓰리는요, three이에요. 그리고 4는 four이고요."

한 학생이 의기양양한 얼굴로 내게 쓰리의 스펠링과 친절하게 그다음 4까지 알려준다.

"하하! 4는 four이구나. 저, 더 이상은 못 쓰니까 책을 찾아서 하자고요."

처음엔 우리말로 '한 꼬마, 두 꼬마, 세 꼬마 인디언' 노래를 가르쳐 주고, 다음엔 영어로 부르기를 했다. 곡이 익숙해지자 돌림노래로 불렀다. 정규과정의 음악수업을 밟지 않았으니 돌림노래가 익숙할 리 없다. 먼저 시작한 파트의 음을 따라가지 않으려는 몸부림으로 자꾸 목소리만 높아진다. 그러다보면 앞 파트도 역시 목소리를 높여 숫제 악을 쓰다시피 한다. 그러는 서로의 모습이 우스꽝스러워 노래를 부를 새도 없이 웃어 제킨다. 웃다보니 1교시 수업이 끝났다. 고이지 않고 흘러준 시간이 그저 고맙고, 다시는 영어수업 땜빵은 할 일이 아니라는 고백을 하며 교실을 나왔다.

며칠이 지난 저녁, 야학생 하나가 다가와 곁에 선다. 선천성 간질을 심하게 앓아 인지능력이 조금 부족한 학생이다. 왔냐는 인사를 던지고 하던 일을 계속하려는데 눈과 입이 빙그르르 웃음판으로 돌아선다.

"교장선생님! 나, 쓰리 아닌데……. three."

바쁜 손을 놀리던 나는 자칫 쓰러질 뻔하였다. 고개를 들어 곁에 있던 야학생의 얼굴을 보니 즐겁다 못해 희열이 넘치는 얼굴들이다.

"어? 난 지금도 못 외우는데, ○○씨 대단하네. 까먹기 전에 적어놔야지."

메모지를 꺼내자 그녀는 또박또박 스펠링을 불러주며 혹 틀리게 적을까봐 고개를 빼고 내 손놀림을 주시하고 있다. 적혀진 three를 확인한 ○○씨는 안심이 되는 듯 난로 쪽으로 몸을 돌린다.

"교장선생님이 쓰리를 몰랐다면서요?"

오십을 훌쩍 넘긴 고등학교반 학생 한 분이 만개한 웃음꽃이 되어 물어온다.

"저는 투까지밖에 못 써요."

야학생들과 교사들의 웃음소리가 교무실 천장에 반사되어 요란스럽고 시끌벅적한 울림덩어리가 되어 바닥으로 내려온다.

나 여사네 청소기

나 여사의 남편은 집에 있는 날이면 곧잘 앉은자리에서 술판을 벌였다. 지난밤 남편이 앉았던 자리는 늘 안주 부스러기로 바닥이 어지럽혀져 있었다.

어느 여름날이었다고 한다. 속옷 차림으로 더위를 식히려는 듯 남편은 거푸 맥주잔을 기울이고 있었다. 거실 바닥은 온통 땅콩 껍질이며 쓰레기들이 어질러져 도저히 그냥 두고 볼 수가 없었다. 나 여사는 청소기를 들었다.

아내가 청소기를 돌려도 남편은 절대로 자리에서 일어나는 법이 없었다. 왼쪽 엉덩이 한 번 들어주고, 오른쪽 엉덩이 한 번 들어주고, 상체를 앞으로 숙여서 뒷부분을 들어주고……. 일어나 보라고 해도 그녀의 남편은 오기인지 습관인지 옆으로 비켜 앉는 법도 없었다.

그날도 마찬가지였다. 잔뜩 어질러놓고는 청소기를 돌리는 각시에게 시끄럽다고 타박까지 했다.

"아이고! 마아~! 아무리 시끄러버도 바닥은 한번 밀어야지 도저히 볼 수가 없심더."

남편은 짜증을 내며 청소를 하는 각시 앞에서 위에 설명한 포즈를 취해주었다. 가만히 있어도 땀이 줄줄 흐르고 불쾌지수도 높은데다 종일 집에 있으면서 어질러놓는 남편을 향해 슬며시 부아가 치미는 순간이었다. 벌떡 일어나 자리를 비켜주면 좋으련만……

앉은 채 몸을 들어주는 대로 남편 엉덩이 밑에 청소기를 밀어 넣던 그녀. 어쩌다보니 사각 팬티 사이로 무언가가 보이더란다.

'에라! 모르겠다. 한번 당해 보그라.'

독한 마음을 먹은 나 여사는 바닥을 훑게 되어 있는 넓적한 청소기 입구를 잡아 빼냈다. 그러자 청소기 호스 끝은 동그란 원통이 되었다. 흡입력 최우수를 자랑하는 청소기의 호스를 팬티 차림으로 앉아 있는 남편의 가운데 부분에 정조준을 하여 갖다 대었다나?

"으악!! 이게 머꼬???"

갑자기 큰일(?)을 당한 남편이 기겁을 하며 호스를 잡아떼려고 했지만 우수한 흡입력을 자랑하는 청소기는 전원을 끄기 전까지 떨어질 줄을 모르더란다. 얼굴이 벌게지고 식은땀까지 흘리는 남편을 향하여 나 여사는 의식 딱딱하게 말했다.

"어머! 난 쓰레기인 줄 알았더니 아니었어요?"

그 후로 마누라가 청소기를 돌린다 싶으면 남편은 후다닥 일어나 베란다로 피신을 한단다. 강력한 흡입력을 자랑하는 청소기 덕분에 나 여사는 남편을 제압할 수 있었다.

나 여사! 웃다가 사래들려 돌아가시는 줄 알았다니까.

도둑이 제 발 저리다

성가대석에 앉고 보니 강단 위에 부목사님이 앉아 계셨다. 담임목사님께서 주일설교를 다른 분께 맡기는 경우는 없던 일이라 모두를 의아한 마음을 품었다. 무슨 일일까? 외국에 나가신 것도 아닌데 혹 아프신 건 아닌지 걱정이 되었다. 살펴보니 뒷줄에서 담임목사님을 찾을 수 있었다. 그나마 모습을 보게 되니 다소 안심은 되었지만 부석부석한 얼굴로 보아 아프신 게 분명했다.

설교를 시작하기 전 부목사님은 궁금해 하는 교인들에게 담임목사님의 근황에 대해 설명을 해주셨다. 임플란트 시술을 하여 아직 말을 많이 할 수가 없단다. 치료하여 회복되는 병이면 다행한 일이다. 축도를 하기 위해 올라온 담임목사님은 약간 불분명한 발음으로 며칠 동안은 말을 많이 해서도 안 되며, 코를 푸는 것도, 기침도 하지 말라던 의사의 주의 사항을 설명했다.

예배가 끝난 후 성가연습을 마치고 나오다가 담임목사님을 만났다. 가까이서 본 얼굴은 꽤나 부어 있어 많이 힘드셨음이 역력히 드러났다. 주일설교를 못할 정도이니 염려와 위로의 마음을 전해야겠다는 생각으로 목사님 곁에 서 있었다. 먼저 와 위로의 말을 건네는 장로님과 인사를 나누던 목사님이 상상 밖의 말을 꺼내셨다.

"장로님! 저 아픈 것 보고 교인 전체가 다 염려해도, 고소해 할 사람이 우리 교회에 딱 한 사람 있어요."

아니, 왜 하필 나를 앞에 두고 저런 말씀을 하실까? 저러다가 듣는 집사가 시험 들면 어쩌려고?

"목사님의 아픔에 삼가 애도를 표합니다. 지은 죄를 기억하시니 그나마 다행이네요."

집사의 도전적인 위로에 목사님은 부은 잇몸을 다 드러내고 환하게 웃으셨다. 목사님께서 그 죄(?)를 범하신 게 몇 년 전이었더라?

타고 오던 고속버스가 시내에 진입하다가 사고로 정차되어 있던 관광버스를 추돌하고 말았다. 맨 앞자리에 앉아 있던 나는, 꽝! 하는 굉음과 함께 기사와 승객을 분리해놓은 봉에 코를 심하게 찧게 되었다. 먹먹한 통증이 전달되어 올 뿐 어디를 어떻게 다쳤는지 짐작도 할 수 없었다. 얼굴에서 흐른 피가 무릎 위로 주르르 떨어졌다. 사고 지점은 급커브와 급경사 길에 살얼음까지 끼어 있어, 교통사고는 꼬리에 꼬리를 물고 이십 몇 중 추돌사고로 이어졌다.

심한 타박상과 콧등이 찢어지고 코뼈가 부러지는 개방성골절을 입고 구급차에 실려 대학병원 응급실로 이송되었다. 지혈이 되질 않아 다음날 부랴부랴 응급수술을 받게 되었다. 문제는 전신마취를 해야 한다는 것이다. 10회를 넘는 경력으로 전신마취가 얼마나 힘이 드는지 익히 아는 터라 슬며시 두려움이 일었다. 친구에게 전화를 걸어 사정을 말하며 기도를 부탁했다.

수술실에서 불러주기만 초조하게 기다리는데 입원실 입구에 목사님 부부와 친구의 얼굴이 보였다. 심각한 표정으로 입원실에 들어서던 세 사람은 내 얼굴을 보자마자 웃음 꽃봉오리를 맺었다. 피범벅이 된 머리는 감지도 못하여 외국만화의 주인공 '삐삐'처럼 양쪽으로 묶은 데다, 지혈이 안 되는 콧등엔 주먹만 한 거즈를 붙여놓았고, 통통 부어 눈도 제대로 안 떠지는 몰골이었으니 웃음이 안 나오면 더 이상한 일이다. 일행이 겨우 웃음을 참고 묵상기도를 하려는 순간, 친구가 언니에게 귓속말로 속삭였다.

"언니! 얘도 깨질 코가 있었네."

묵상기도를 하는 일행들의 분위기가 심상치가 않았다. 먹먹했던 감각이 살아나며 심한 통증이 몰려와 고개조차 숙이지 못하며 작은 떨림에도 민감하게 반응하는 몸에, 침대에서 작지만 강한 움직임이 지속적으로 전달되었다. 살며시 눈을 떠보니 언니와 사모님 그리고 친구가 웃음을 참기 위해 침대 난간을 붙잡고 안간힘을 쓰고 있다. 슬쩍 목사님을 쳐다보니 역시 웃음을 참느라 고통스러운 기색이 역력했다.

"에이! 참지 말고 그냥 웃어요. 대신 침대는 붙잡지 말고……."

내 말이 떨어지자마자 병실 안은 곧바로 웃음의 도가니탕이 되었다. 화제는 당연 내 코가 깨질 정도로 높다는 것이다. 병실을 들어서면서부터 터진 일행들의 웃음보는 끝내 예배를 드리지 못하고 웃음으로 끝을 맺었다.

"집사님! 미안해요. 나 수술 받을 환자 심방 와서 이렇게 웃어보긴 난생처음이에요."

목사님께서 도무지 절제되지 않는 웃음을 미안해하며 역시 웃음을 듬뿍 섞어 남기신 말씀이었다. 목사님은 수요예배 광고시간에 교인의 사고소식을 전하며 미안할 정도로 웃었다는 말을 하셨다고 한다. 덕분에 병원에 있는 동안은 물론 퇴원을 하여서까지 온 교인이 함께 웃었다. 도대체 어떤 모습이기에 수술 들어갈 환자 앞에서 목사님이 예배도 못 드리고 웃었는지, 호기심이 발동한 교인들은 나를 보는 순간 무조건 웃음보따리부터 들이댔다. 어떤 교인은 병실 입구에서 걸음을 걷지도 못하고 주저앉아서 웃었다.

나도 깨질 코가 있었음이 증명된 사건이지만 수술실에 들어갈 환자를 보고 사정없이 웃었던 미안함을 목사님은 결코 씻을 수 없었던 모양이다. 그러기에 당신의 아픔 앞에서 장난꾸러기 집사가 고소해 할 거라고 앞질러 생각하셨음이 분명하다. 이런 경우를 일컬어 '도둑이 제 발 저리다'고 했다지? 목사님이 도둑은 아니시니 '목사님이 제 발 저리다'고 해야 옳을까?

동네북

담임목사님의 사모님께서 무거운 물건을 엄지발가락 위에 떨어뜨려 복합골절을 입은 지가 꽤나 되지? 외출을 하려면 깁스한 다리에 목발을 짚고 깁스용 신발을 신은 다소 불쌍한 모습이다.

주일 아침. 예배를 마치고 나오니 바람이 제법 차다. 인사를 하다 보니 앞이 뻥 뚫린 깁스용 샌들을 신은 사모님의 발이 좀 추워 보인다.

"어후~! 발 시리겠어요."

진정어린 염려를 던지는데 이때 맞은편에서 교인들과 인사를 나누던 목사님이 불쑥 한마디 하신다.

"멋~~있잖아요. 저게 요즘 첨단 유행 패션이잖아요."

각시가 아무리 예쁘기로서니 깁스한 발에 깁스용 샌들까지 예쁘다고 자랑까지 할 건 또 뭐야? 심술로 똘똘 뭉친 집사가 그걸 가만히 들어줄 리가 없다.

목사님 곁으로 바싹 다가가 조용히 그리고 조신하게 말씀을 올렸다.

"목사님~! 그거 모르시죠? 목사님 잠들고 나면 사모님이 날마다 눈에 손 얹고 기도하는 거……."

무슨 얘긴지 선뜻 파악이 안 되시는 우리의 노총재님.

"예? 그게 뭔 소리래요?"

"목사님 주무시면 날마다 사모님이 눈 위에 손 얹고 기도하신대요."

그래도 말의 의미가 선뜻 접수가 안 되시는지 뻥한 얼굴로 그 말의 의미를 되물으신다.

"이놈의 콩깍지, 죽을 때까지 벗겨지지 말게 하옵소서! 라고, 기도……."

말이 채 끝나기도 전에 나는 퍽~! 하는 소리와 함께 왼쪽 어깨에 극심한 통증을 느꼈다.

"에이~! 난 또 어디서 뭔 소리 들으셨다고."

아무리 미운 짓만 골라 하는 집사지만, 목사님이 그렇게 패다니…….

"워미~!! 울 교회는 목사님이 집사를 막 패네."

문을 나서던 교인들은 처음엔 어이없는 얼굴이었다가 나중엔 지극히 당연하다는 표정들이었는데, 아픔을 호소하는 집사의 외침은 노총재님의 웃음에 그만 가려지고 말았다. 어딘가 하소연할 곳이 필요해 홈페이지에 고자질을 해놨더니, 목사님이 들어오셔서 댓글을 올리셨다.

'아, 그날 나도 모르게 손이 나갔는디 그게 상처가 되었었구나. 이렇게 공개적으로, 맞은 것을 세상에 고소하다니……, 아무튼 미안허요. 다음에는 반대편 어깨를 때릴 게요. 같은 곳을 두 번 맞으면 아프잖아요.'

난 어째 오나가나 서부중앙교회 북 노릇만 하나 몰라.

동상이몽

동상-이몽(同牀異夢)[명사] [같은 잠자리에서 다른 꿈을 꾼다는 뜻으로 겉으로는 같은 행동을 하면서도 속으로는 각각 딴 생각을 함을 이르는 말.] 동상이몽이란 말은 어찌 보면 진리다. 같은 잠자리에 누워 아무리 가슴을 밀착시키고, 잠을 잔다 하여도 결코 같은 꿈을 꿀 수는 없는 법 아닌가?

옷 가게를 하는 김 여사는 은행 갈 시간도 빠듯한지라 시간이 다소 여유로운 남편에게 모든 통장과 가계부를 넘겼다. 그 남편으로 말씀드리자면 남편의 초등 동창이며 수제자다. 친구며 제자? 무슨 족보가 그리 헷갈리냐고? 컴맹이었던 친구를 밤이면 밤마다 집에 불러놓고 남편은 컴퓨터 공부를 시켰다. 엑셀, 파워포인트, 기타 등등. 옆에서 보기에도 참 열심이었다. 덕분에 경영을 맡은 곳에서 그는 젊은이 못

지않은 실력으로 컴퓨터를 다룰 수 있었다.

부인 대신 통장을 맡은 남자는 입금이라든가 송금을 하러 은행엘 가기가 귀찮았던지라 컴박사답게 부인 이름으로 인터넷뱅킹 신청을 하였다. 여기서 몰랐던 사실 하나! 인터넷뱅킹 신청을 하면 그 신청자 이름의 타행의 거래 목록까지 다 드러난다며?

신청을 해놓고 집에 와 부인 명의로 인터넷뱅킹 접속을 하고 보니 부인의 비자금이 다 드러나더란다. 어느 은행에 몇 십 원짜리 계좌, 어느 은행에는 몇 백 원, 혹은 몇 천원……. 일명 휴면 계좌를 찾아내 훑어보다 보니 주거래은행에 200만 원의 잔액이 있는 계좌가 보이더 란다. 입금만 해놓고 몇 년이 지나도록 손을 댄 흔적도 없었다. 부인 에게 물을 것도 없이 그 계좌의 원금과 이자까지 쓰는 통장으로 이체 를 하였다. 그러고는 퇴근한 부인을 향해 은밀히 물었다.

"당신 숨겨놓은 돈, 또 있지? 언능 이실직고 혀봐."

김 여사는 본인도 까마득히 잊고 있었던 돈을 찾은 것이 반갑기도 했지만, 자꾸만 또 다른 비자금을 추궁하는 남자가 곱지만은 않았다.

남자는 며칠째 의혹의 눈길을 거두지 못하고 숨겨놓은 비자금을 실 토하라는 압력을 가해 왔다.

"참나! 미치겠네! 제발 부탁이니까 내가 숨겨놓은 눈먼 돈 좀 찾아 줘라."

그렇게 며칠이 지난 어느 날. 남자는 뭘 송금을 하려고 인터넷뱅킹 접속을 했는데 이참엔 280만 원짜리 통장을 발견했다. 오래된 것도 아닌 작년 10월에 개설된 것이었다. 남자는 회심의 미소를 지었다. 쾌 재를 부르며 아내의 비자금을 앞으로 얼마나 더 밝힐 수 있을까 하는 기대감도 품었을 것이다. 절대로 더 이상의 비자금 따위는 없다고 맹세한 김 여사는 난감한 입장에 처해버렸다. 문제는 아무리 생각을 해봐도 280만 원은 알 수 없는 돈이었다. 비자금을 만들어놓을 요량이면, 200만 원이라든가 아님 300만 원으로 아귀를 맞추어 놓을 것인데 애매하게 280만 원은 뭐란 말인가? 남자는 그 돈도 주거래 통장으로 입금을 시도 했지만 같은 은행이 아니란 이유로 돈을 빼 올 수 없었다.

"여보! 내가 눈먼 돈 찾아 줬응게 140만원 씩 나눠 갖자. 이자는 당신 다 가져."

남편은 마냥 신이 나 있는 반면 도대체 알 수 없는 돈의 출현으로 김 여사는 머리가 복잡해져버렸다. 출근을 하여서도 출처를 알 수 없는 280만 원짜리 통장에만 온 신경이 쓰였다. 찾아온 친구에게 김 여사는 그동안의 일들을 털어놓았다.

"요즘 말이야, 느닷없이 눈먼 돈이 어디서 뭉치로 굴러 들어오는지 모르겠어." 그 말을 듣던 김 여사의 친구 왈,

"얘! 그거 우리 모임 곗돈이잖아. 작년에 모 마을금고에 있던 거 불안하다고 **은행으로 네가 옮겼잖아."

아뿔싸! 280만 원의 눈먼 돈을 찾았다고 좋아하며 절반씩 나눠 쓰자는 다짐까지 했던 김 여사 부부는 망연자실 한숨만 쉬었다. 김 여사의 또 다른 비자금을 기대했던 남자는 쓰디 쓴 참패를 당하고 오색찬란한 비눗방울처럼 피어오르다 터져버린 실망감을 우리 부부를 향해 털어놓았다.

"도대체 누가 컴퓨터 가르쳐줬는지 그 스승이 문제라니까……."

김 여사는 우리를 향해 웃음 가득한 눈을 흘기더니 하마터면 공금을 횡령할 뻔했다고 말하며 앞에 놓인 떡갈비를 처치하기에 바쁘다.

남편이 나에게 슬쩍 눈길을 던졌다. 보나마나 '당신은 숨겨놓은 비자금 없나?' 하는 투인데 있어도 없지, 그럼. 죽기 전까지는 있어도 나는 절대 없다고…….

세대 차이

체계적인 문학공부를 해보겠다며 오십이 다 된 나이에 서울디지털대학교 문예창작학부에 입학하였다. 2학년이 되던 해에 전북지역에는 나를 포함, 세 명의 문창학부 학우가 있었다. 인터넷으로 강의만 듣다 보니 얼굴을 마주할 기회가 없었다. 사이버 대학생의 가장 어려운 점은 정보를 제대로 교환하지 못하므로 거의 독학 수준이라고나 할까? 같은 지역에 살면서 일 년을 꼴깍 채우도록 일면식도 없었다는 미안함도 풀 겸, 앞으로 정보 공유를 위해 세 여자가 미팅을 약속했다.

전화로 만남을 주선하는 연락책이 느닷없는 고민을 털어놨다.

"선생님! 근데 우리 서로 어떻게 알아봐요?"

나는 아주 간단명료하면서도 진지하게 답했다.

"내가 가슴에 장미꽃 하나 꽂고 있을게. 꽃이 없으면 휴지라도 꽂도록 할게."

"어머! 그러실래요? 저는요, 선생님 금방 찾을 수 있어요. 책이며 신문에 났던 기사들 다 스크랩하며 사진을 많이 봐서 바로 알아볼 것 같아요."

나, 속으로만 말했다.

'어이! 동기! 나는 사진발이 워낙 안 받아 실물이 훨씬 낫다. 그래서 사진 모습으로 찾으려면 힘들 거야……'

그날, 그 시간에 약속 장소에 나갔는데 아무도 내 얼굴을 보고 먼저 반기는 여자는 없었다. 자리에 앉아 약속대로 꽃을 가슴에 꽂으려 살피니 테이블에 장미꽃이 없다. 허긴 이 엄동설한에 테이블마다 장미꽃을 꽂아놓으려면 커피숍 문 닫아야겠지? 꽃 대신 앞에 있는 티슈를 뽑아들고 이걸 어떻게 꽂아야 할지를 고민하고 있는데 한 여자가 들어섰다.

실내를 한 바퀴 휘 둘러보더니 주저하지 않고 나를 향해 환한 웃음을 던지며 다가왔다.

"유영희 선생님 맞죠? 사진보다 훨씬 젊고 미인이시네요."

반가운 인사를 나누고 있는데 연락책의 휴대폰에 메시지 신호가 들어왔다.

"박 선생님 도착했대요."라는 말과 함께 문을 들어서는 사람은 내 아들 또래의 아가씨였다. 이렇게 해서 20대, 30대, 40 후반을 대표한 여자들이 모여 회담이 이루어졌다.

어색한 분위기가 가시자 연락책이 까르르 웃음을 터트리며 극명한 세대 차이를 말했다.

"제가요, 이쪽저쪽 연락을 하면서 어떻게 알아보느냐는 질문을 똑같이 드렸는데 나이에 따라 그 반응이 너무나 다른 거 있죠."

그럼 여기서 연령대에 따라 낯선 사람을 만나고자 제시한 방법을 짚어보자.

오십을 바라보던 나: 가슴에 장미꽃 한 송이 꽂고 있을게.

30대 연락책: 사진으로 알아볼 수 있어요.

20대 초등학교 선생님: (별걸 다 고민한다는 투로) 문자 메시지 보내면 되잖아요.

쉰 세대는 문자를 보낼 줄은 아는데, 요것을 정작 필요한 삶에 즉각적으로 대응시키지 못하는, 디지털의 물만 먹은 세대라고 말했다. 30대는 아직 기억력이 떨어지지 않은 상태라 신문이나 책에 실린 사진으로 사람을 알아볼 수 있는 젊음을 가지고 있다는 지적이다. 20대는 휴대폰 하나만 들고 있으면 전국 그 어느 곳에 떨어진 바늘이라도 찾을 수 있다는 온전한 디지털세대라는 것이다.

부인할 수 없는 세대 차이 앞에서 20대가 얼굴을 가리고 웃으며 내게 말했다.

"선생님이 제시한 방법은 너무 구시대적 발상이구요, 촌스러워요."

그려~! 나 촌스런 50대 아줌마여. 너희들이 가슴에 꽃 한 송이 꽂고, 혹은 한 손에 신문지 말아 쥐고 만날 사람을 기다리던 그 낭만을 알기나 혀??

앞집 여자가 봤을까?

사회적 지위와 체면을 생각해서 그 남자의 신분을 속속들이 밝힐 순 없다. 하지만 뻔히 아는 사람들에게 자기 남편의 사건을 말한 건 분명 그녀의 실수다. 뭐라고 하더라? 라디오 프로그램 중에서 상품을 제일 푸짐하게 주는 곳에 기고할 예정이라나? 그렇다면 내게 털어놓은 자체가 더더욱 실수다. 그녀가 라디오 프로그램에 기고하기 전에 내가 먼저 써먹어버렸으니……. 우리 집에 모여 팥죽을 불러 먹으며 수다를 떨던 다섯 아지매들을 뒤로 넘어지게 했던 사건을 한번 들어보자.

그해 4월은 유난히 봄이 더디게 온 달이었다. 식목일에 심겨진 나무가 화들짝 놀라 자빠지도록 눈까지 내린 적도 있었다. 그녀는 열쇠를 사용하던 현관문의 잠금장치를 번호 키를 누르는 걸로 교체하였다. 그리고 며칠 후, 볼일이 있어 남편을 혼자 두고 서울 길을 떠났다.

빈 집을 혼자 지키던 남자는 아침 출근 전에 일찌감치 일어나 반신욕을 하려고 물을 받아 놓고선 옷을 벗었다. 반신욕을 하는데 삼십여 분 정도가 소요되는지라 그 시간을 멍하니 앉아 있기가 좀 뭐했나 보다. 아무도 없는 이른 새벽시간에 남자는 알몸으로 현관문을 조심스레 열고 문 바로 앞에 배달된 신문을 집어 들었다. 신문을 집고 고개를 들어보니 조금 떨어진 곳에 스포츠 신문이 떨어져 있었다. 홍보용으로 던지고 간 모양이었다.

남자는 한 발로는 아파트 문을 고정하고 한 발을 앞으로 내밀고 손을 뻗어보았다. 에구! 신문이 손에 잡히질 않았다. 한 발 더, 그래도 닿을 듯 말 듯 신문은 손에 잡히질 않았다. 한 발을 더 내밀고 신문을 막 집어 드는 순간, 엄지발가락 끝으로 아슬아슬 잡고 있던 현관문이 턱! 소리를 내며 닫혀버렸다.

순간 남자에겐 엄청난 혼란이 찾아들었다. 각시는 서울에 가고, 자녀들은 다른 도시에서 대학엘 다녀 집엔 아무도 없고, 남자는 집 번호를 확실히 기억하지 못하고, 소문난 기계치였다. 형광등 하나를 갈아 끼우려도 아내의 손이 아니면 안 될 정도였다. 그런 남자에게 얼마 전에 새로 설치한 번호 키는 점령하지 못한 벽과 같은 존재였다. 아내가 일러준 번호는 머릿속에서 고추잠자리처럼 맴을 돌고, 당황하여 번호를 마구 눌러보는데 아무리 눌러도 열리질 않았다. 몇 번을 실패하니 번호 키에 설치된 시스템이 도둑이다 싶었는지 '삐! 삐!' 경보음을 울려댔다.

춥기만 한 4월 새벽, 찬 공기에 몸은 얼어 오고, 문은 열리지 않고, 거기다가 실오라기 하나 걸치지 못한 알몸의 남자. 휴대폰이라도 손에 쥐었으면 전화를 걸어 물어볼 수나 있으련만……. 경보음이 울려대니 아침밥을 하던 앞집 여자가 현관문에 난 작은 구멍에 눈을 대고 혹 앞집에 도둑이 들었나 하고 내다볼 게 뻔한데……. 금방이라도 앞집 문이 벌컥 열릴 것 같은 불안감에 마음은 자꾸 조급해지고, 당황한 남자는 나중엔 숫자도 가물거리며 잘 보이질 않았단다. 남자는 신문지로 아랫도리를 가리고 한참을 애쓴 보람으로 겨우 번호를 찾아 대문을 열 수 있었다.

그 후로 길에서든 엘리베이터 안에서든 앞집 여자를 만나면 어쩔 줄 몰라 하는 처지가 되었다. 저만치서 앞집 여자가 보이면 남자는 지름길을 두고 멀리 돌아서 가야만 했다. 어느 날 남자는 각시 옆구리를 찌르며 조심스레 묻더란다.

"어이! 앞집 여자가 봤을까?"

너무 웃어서 복통에 시달리며 방바닥을 뒹구는 우리를 향해 그녀는 봤을까 안 봤을까를 물어 오는데 우리가 알 수 있나? 우리 중 아무도 앞집 여자인 사람이 없는데 그걸 어찌 알겠는가.

"참나! 그걸 물어볼 수도 없고, 이제는 나까지 앞집 여자를 보면 염치가 없당게." 혹 그 남자의 앞집 여자를 아시는 분 안 계십니까? 앞집 여자를 안다면 조용히 물어봐 주실래요?

"봤어? 못 봤어?"

워크숍과 콘돔

회원들을 데리고 워크숍을 가던 길이었다. 통영 유람선 터미널 근처에 있는 숙소에서 1박을 한 후 해양박물관을 향해 가고 있었다. 버스가 출발한 지 십여 분이나 지났을까? 한 남자 봉사자가 내 곁에 오더니 차 바닥에 무릎을 꿇으며 은밀한 어조로 말을 꺼냈다.

"저어~! 회장님! 이따가 콘돔에 안 가요?"

나, 깜짝 놀라버렸다. 워크숍에 와서 콘돔을 찾다니?

"뭔 콘돔?"

"제가 와이셔츠를 콘돔에 놓고 와서요."

"뭐시라고? 와이셔츠를 콘돔 속에 넣었다고?"

으이그~! 콘도를 말한다는 게 잘못하여 ㅁ 받침이 들어간 것이다.

콘도에 전화를 걸어 옷을 챙겨달라는 부탁을 한 후, 자원 봉사자는 내 앞에서 꼬리를 내려야 했다.

"K선생~! 콘돔 필요햐? 아무리 그렇기로서니 내한티 콘돔을 달라면 어떡해? 국장더러 하나 사오라고 할까? 웬만하면 담부터는 자신이 쓸 콘돔은 자신이 챙기도록 허지."

여기저기서 낄낄 깔깔 히히 하하 호호 웃어대는데 말실수를 한 본인은 무안해서 어찌할 바를 몰라 했다. 그러든지 말든지 우리는 즐겁다.

입장 바꿔 생각해 보세요

설교 도중, 목사님께서 꼬맹이 성도로 인해 상처받았던 이야기를 꺼내셨다. 다섯 살 정도의 아이인데 목사님만 보면 고개를 돌린단다. 오라고 손을 뻗으면 차갑게 목사님의 손을 밀어버리고, 눈이 마주치면 제 할머니 가슴에 얼굴을 묻으며 눈길조차 주지 않는단다. 아이가 목사님만 봤다 하면 하도 차가워지는지라 교회 오기 전에 가족들이 교육까지 시켰다고 한다.

"우리 교회 목사님 성함이 어떻게 되지?"

"노재석 목사님."

"그럼 목사님 뵈면 어떻게 해야지?"

"안녕하세요? 이렇게 인사하고 반갑습니다! 하면서 악수!"

집에서 열심히 교육을 시키면 아이는 제 해야 할 도리를 꼬박꼬박 잘도 말했단다. 그런데 교회에 와서 막상 노총재님 얼굴만 봤다 하면 아이는 싸늘해져버리는 것이다.

"제가 그래서 상처받았다니까요."

예배가 끝난 후, 교인들과 예배당 마당에서 수다판을 벌이고 있는데 목사님께서 나오셨다. 이 시간까지 왜 안 가고 있느냐는 말씀 속에는 소란의 주범이 따로 있다는 표정이시다. 보나 안 보나 나를 문제 삼는 게 뻔하다.

"목사님! 긴히 드릴 말씀이 있는데요."

집사가 긴한 얘기가 있다는데도 목사님은 도무지 긴하지 않은 표정을 지으며 뭔 일이냐고 물으셨다.

"정말 그 아이 때문에 상처받으셨어요?"

그때야 다소 긴장하는 우리의 노총재님!

"아니 상처받았다는 게 아니고, 상처받을 뻔!했다고요."

에이~! 예배시간에 분명히 상처받았다고 하셔놓고 고새 말을 그리 바꾸면 안 되죠.

"목사님 입장에서만 생각하지 말고 그 아이의 입장에서 생각해보세요."

입은 웃는데 눈에는 긴장한 기색이 역력해지신 우리의 노총재님.

"그 아이가 인사랑 잘하려고 마음먹고 왔다가 목사님 얼굴을 보는 순간, '아! 세상은 참으로 험난하고 살벌한 사람이 많구나.' 라고 생각하며 받았을 상처를 생각해보시라고요. 변명도 못하는 그 가슴이 오죽했겠어요?"

무리들 중에 목사님 편은 하나도 없음이 분명했다. 모두들 큰 웃음을 터뜨리며 맞장구를 쳤다.

"맞아요. 목사님 입장에서만 생각하면 안 되지요. 입장 바꿔서 생각해야 할 일이네요."

편들어주는 교인이 하나도 없어 우리 목사님 혹 상처받으신 건 아닐까??

정말 나쁜 것

우리 교회 노총재님. 수요예배 설교를 시작하면서 성도들의 이해를 돕기 위해 예화를 하나 들려주시는데, 예화가 총재님의 의도와는 영판 다른 쪽으로 왜곡(?)되었음을 짐작이나 하셨을까?

사모님이랑 교인 집에 심방을 가셨는데 그 댁 여 집사가 남편의 흉을 보더란다.

"있잖아요, 저희 남편 뭔 집사는요, 시상에나 벽에 못 하나도 못 박아요."

그 말이 떨어지기가 무섭게 곁에 있던 사모님,

"그건 목사님하고 똑같네요. 목사님도 못해요."

그리 말하는 사모님이 원망스러웠던 총재님은 군색한 변명을 하셨단다.

"나는 못을 박을 줄 모르는 게 아니라 안 박는다고요. 우리 집사람이 뭘 좀 해달라고 하면 그게 실행되는 데 보통 한 달이 걸리는 거 같아요. 어느 땐 길게 두 달도 걸리지만 못하는 건 아니에요."

총재님의 이 말을 가만히 듣고 있을 나의 웬수가 절대 아니다. 말이 끝나자마자 총알처럼 내 귀에 대고 하는 말,

"뭘 좀 해달라는데 한 달 걸려야 해결이 된다면 얼마나 열 받을 일이냐? 그거야 말로 나쁜 남자의 진수다."

<u>으ㅎㅎㅎㅎㅎ</u>~! 키키키키키키~! 숨죽인 웃음의 절정은 고통을 동반한다.

"지금은요, 집사람은 못 박을 일 있으면 황모 집사님께 해달라고 그래요. 그럼 말 떨어진 그날 해결이 되어버리거든요."

황모 집사는 그 분야의 전문가라 못을 박는 스타일부터가 틀리더란다. 총재님은 벽에 못을 박을라치면, 오른손에 망치 들고 왼손으로는 못을 잡고 열심히 못의 머리를 내려치는데 못이 튀든가 구부러져버리기가 태반이란다. 어찌어찌 못이 박혔다 싶으면 못 주위에 손바닥 절반만큼 세멘이 떨어져 나가 있단다. 그런데 황모 집사님은 드릴로 구멍을 내고 거기에 못을 끼워 넣은 후 단 한 방의 망치질로 못을 박는단다. 물론 떨어지는 세멘도 없이 아주 깔끔하게……

결론은 총재님은 못을 박을 줄 모른다는 말인데, 교인들 앞에서 모르는 걸 안다고 거짓말을 하셨단 말이야? 친구와 나는 자동적으로 머

리가 서로를 향해 기울어졌다.

"야! 내 신랑 두고 남의 신랑 불러서 못 박아달라고 하려면 진짜 열받겠다."

"그러게 말여. 울 총재님 여러모로 나쁘네."

입 다물고 그냥 넘어가면 정말 나쁜 것이 무엇인지를 모르고 살아갈 수도 있다. 그래서 전 교인을 대표하여 총대를 메는 심정으로 총재님께 진언을 드린다. 못하는 것보다 안 하는 것이 더 나쁘고, 할 줄 모르면서 할 줄 안다고 말하는 건 그보다 더 나쁘다고…….

종필 씨의 명함

건네받은 명함에는 얄개전에나 나올법한 우스꽝스런 만화 캐릭터가 그려져 있었다. 무등산을 마주보는 동네에서 자그마한 전통 찻집을 운영하며 사진 찍는 재미에 빠져 산다는 게 내가 아는 종필 씨의 전부였다. 모처럼 시간을 내어 찾았던 광주에서 친구의 안내로 한참을 달려 찾아온 곳이기에 주인과 찻집 분위기에 다소의 호기심을 품고 있던 터였다.

종필 씨는 손수 만들었다는 댓잎차를 권했다. 의자도 없는 찻집의 바닥은 보기 드문 맷방석이 깔려 있어 정겨우면서도 생경스런 분위기를 자아내고 있었다. 무등산을 훑고 내려온 바람이 5백 살은 족히 넘어 보이는 느티나무 가지와 찻집 창문을 흔들건만 댓잎차에선 바람소리나 향기가 전해지지 않는 밍밍한 맛이 목을 적시고 있었다. 전통의 향기가 물씬 풍기는 찻집의 분위기에 녹아들지 못하고 생소함이 느껴지는 이 괴리감은 어디에서 오는 것일까?

잠시 후 꽤 고급스러워 보이는 카메라를 들고 종필 씨가 우리 앞에 섰다. 처음 보는 남자가 카메라를 들이대며 사진을 찍겠다는데 의아해하지 않을 사람이 누가 있을 것인가?

"이 집에 오는 손님은 무조건 사진을 찍어야 하나요?"

내가 생각해도 분명 덜떨어진 질문이다.

"아뇨. 찍은 사진으로 인물 스케치해서 액자에 담아드리려고 하는데요."

군데군데 걸려 있는 인물 스케치를 눈여겨보던 터라 앉은 자세로 포즈를 취했다. 무등산에서부터 내려온 어둠이 마을까지 덮친 시각, 종필 씨는 내 얼굴 이미지가 분명한 액자 하나를 건넸다. 건성으로 고맙다는 말을 하고 나누던 대화 속으로 묻히는데 친구가 주인 남자의 명함을 건네주며 프로필을 읽어보란다.

돋보기가 없으니 작은 글씨로 씌어 있는 약력은 보이질 않고 큰 글씨인 '행복해서 웃는 것이 아니라 웃어서 행복합니다' 라는 글귀만 보인다. 피식 웃음이 나왔다. 미안하지만 나는 종필 씨의 얼굴이나 분위기에서 행복하기 위해 웃음을 창조할 사람으로 보이는 그 어떤 것도 발견하지 못한 상태였다. 명함을 향해서도 건성인 내게 친구는 자꾸 약력을 읽어보라고 권했다. 뭔 대단한 사람이기에 그럴까싶은 마음으로 명함을 눈에서 최대한 멀리 하며 나는 종필 씨의 명함을 살피기 시작했다.

앉아 있는 찻집의 이름이 '우리 꽃 차사랑'이라는 것과 종필 씨의 취미가 '전통차, 야생화, 도예, 장승, 솟대, 곤충, 다도체험'임을 그때 야 알았다. 그리고 명함을 뒤로 돌려 약력을 읽어가며 하마터면 뒤로 나자빠질 뻔하였다.

(약력)

'삼천궁녀 시신 찾기 대책위원장, 임진왜란 과부들을 걱정하는 모임 대표, 서산대사 원형탈모 연구소장, 백제 의자왕 호남 사투리 연구소장, 살수대첩 포로 명단 찾기 운동본부장'

이 황당무계한 약력을 보면서 어찌 웃지 않을 수 있을 것인가. 갑자기 종필 씨를 향해 무한한 친근감이 솟아났다. 그러곤 종필 씨가 좋아져버렸다. 피에로 분장이나 얄팍한 말장난이 아니라 달랑 명함 한 장으로 걸쭉한 웃음을 지어내는 사람이라면 그는 인생을 멋지고 즐겁게 살 것이라는 판단이 내려져버린 것이다.

찻집을 나설 때 차 안에서 내 책을 한 권 들고 온 친구는 종필 씨에게 사인을 해주라고 채근했다. 『자장면과 짬뽕 사이』의 작가를 만나고 싶어서 달려왔다는 독자에게는 사인을 극구 사양했는데 종필 씨에게는 흔쾌히 사인을 해주며 물었다.

"이 모든 모임에 회원들 수는 얼마나 되나요?"

"회장과 회원 합해서 달랑 저 하나예요."

"일이 너무 많으신 거 같은데 '서산대사 원형탈모 연구소장'은 제가 맡으면 안 될까요?"

종필 씨는 끝내 나의 제안을 수락하지 않았다. 다만 무등산에서 불어오는 한겨울 매운바람과 어둠을 맞으며 깊은 웃음을 지우지 않은 채 문밖에까지 나와 손님을 배웅했다. 사람 사는 세상을 살맛나게 하는 방법도 여러 가지임을 새삼 깨달으며 '우리 꽃 차사랑'에 다시 오리라는 마음을 다졌다.

죽으면 알지!

남편의 직장 동료 다섯과 함께하는 친목 모임이 있다. 회원은 부부 합하여 열 명이며, 모임의 이름은 '오골당'이다. 그럼 여기서 '오골당'이 무슨 뜻인지 짚어야 할 것이다. 오골계를 좋아하는 사람들이라 붙여진 이름이라면 차라리 고상하다고 할 것이다. 여기서 '오골당'이란 아주 쉬운 말로 '다섯 명의 골빈 당원'이란 말의 약자다.

모임 결성 후 지금까지 총재직을 십수 년이 넘도록 고수하고 있는 제일 맏형격인 분은 오래전에 모 대학에 교수로 가셨지만, 총재직에 눈이 멀어선지 아직 오골당에서 발을 빼질 못한 상태다. 교수가 된 지금도 골이 채워지질 못해서 떠나지 못한다는 게 진실에 가까울 것이다.

하여튼 다섯 남자가 모였다 하면, 나누는 대화며 하는 행동들이 스스로들 생각해도 엽기에 가깝고 골빈 사람에 가까웠던 모양이다. 그러니 자신들 스스로를 이름하야 '오골당'이라 하였던 것이리라. 젊은 시절엔 술판이 벌어졌다 하면 죽기 아니면 까무러치기로 마셨고, 대화라는 게 현실과는 거리가 먼 비논리가 큰 목소리로 우기는 사람에 의해 논리로 탈바꿈하기 일쑤였다. 논리로 변한 비논리는 다음 모임에서 또 다른 비논리가 논리로 생성되기까지 오골당의 정신세계를 지배하는 축이 되곤 하였다.

내 아들들이 초등학교 저학년 시절이었다. 모임에서 제주도를 가기로 하였는데 가는 날을 며칠 앞두고 뜨거운 논쟁이 벌어졌다. 우리가 바야흐로 제주도를 가는데 깃발 없이 갈 수는 없다며 무엇을 우리의 상징으로 세워야 하냐는 것이다. 일부는 '오골당'의 이름에 맞게 해골 다섯 개를 그려서 들고 가자고 했다. 일부는 그래도 교사와 교수가 있는데 해골은 좀 뭐하니까 오골계를 그려서 들고 가자고 우겼다.

절대로 '오골당'을 변질시킬 수 없다는 결론에 달했지만, 정작 제주 하늘에 해골 다섯 개가 그려진 깃발은 등장하지 않았다. 가는 곳마다 분위기를 제압하다시피 하는 걸쭉한 입담이며 엽기에 가까운 행동들은 다른 여행객들의 시선 집중을 받기에 충분하였다. 그 난리를 치는 바람에 맘먹고 샀던 카메라를 만장굴 거북바위에 놓고 오는 재산상의 손실까지 입게 되었다.

그렇다고 웃기는 자장면 취급은 하지 마시라!! 한번은 태국에까지 오골당 멤버가 진출하였다. 떠나기 전 예비모임에서 심각한 토의가 이루어졌다. 이번에는 깃발이 아니라 해외에 나가서 외화를 낭비하지 말자는 의견이었다. 태국의 물건 값이 아무리 싸다고 하더라도 절대로 사지 말자는 것이다. 꼭 선물을 사다줘야 할 사람이 있으면 공항 면세점을 이용하자는 대단히 기특한 토의를 하였다. 이 의견은 철저히 고수되어 우리를 쇼핑센터로 이끌어 간 가이드의 헛수고를 지켜봐야 했다.

서로의 사정들을 속속들이 알며 살아가던 오골당이 요즘 만남이 뜸했었다. 그러던 중 회원 한 분이 상을 당했다. 덕분에 다섯 남자를 비롯하여 각시들까지 열 명이 다 모였다. 이런저런 얘기를 나누다보니 한 달 전에 총재님의 부인이 큰 수술을 받았음을 알게 되었다. 뒤늦게 소식을 듣고 보니 서로 미안함에 어찌할 바를 몰라 했다.

"세상에나! 일주일이나 병원에 입원해 있었는데 까마득히 몰랐네. 이러다가는 누가 죽어도 소식도 모르겠네."

유치원 원장이며 박사 코스 준비로 바쁘게 지내는 사모님 한 분이 미안함에 던진 말이었다. 이 말에 조용히 넘어가면 내가 굳이 '오골당'을 소개하지도 않았을 것이다.

"츠암나! 안 죽었응게 몰랐지, 죽으면 당연히 알지이~! 죽었다고 부고장 날아오면, 그때 이렇게들 모여서 왜 죽었는지 자세히 알게 되잖어."

미안하면 그냥 입이나 다물고 있을 것이지 그 판에 하나같이 이구동성으로 고개까지 끄덕이며 말했다.

"맞어! 맞어!"

영 틀린 말만은 아니지? 죽으면 확실한 소식을 듣는 게 당연하잖아. 죽었다는 소식

진담입니다

유머가 자가 생산이 잘 안 되는 목사님은 누군가 우스갯소리를 하면 그걸 메모해뒀다가 설교시간에 써먹곤 하신다. 지난 주일예배 설교시간에도 모 교회 장로님을 통해서 들었다는 이야기를 메모해 교인들에게 전하셨다.

장로님이 다니는 교회의 목사님께서 어느 날 머리를 빡빡 깎고 나타나셨더란다. 깜짝 놀란 장로님께서 왜 머리를 그리 하셨냐고 여쭈었더니, 속 썩이는 교인들이 많아 터지는 속을 어찌할 수 없어서 애꿎은 머리를 잘라버렸다고 하셨단다.

딱 거기서 그쳤으면 사건은 안 벌어졌을 것이다. 목사님은 이야기를 마친 후 교인들을 휘 둘러보시며 자신을 피력하셨다.

"여러분! 제가 머리를 왜 짧게 깎고 다니는 줄 아세요? 속 썩이는 교인들 때문에 그렇습니다."

교인들의 웃음을 확인하시며 노총재님은 무던히 어색한 웃음을 지으셨다.

그 이야기를 듣자마자 남편과 아들이 고개를 돌려 나를 쓰윽 쳐다봤다. 일주일 전에 십오륙 년 동안 고수하던 단발머리를 짧게 잘라버렸던 터이다. 나 스스로도 변한 헤어스타일에 적응이 안 되는 상황이니 남들이야 오죽하겠는가? 남편은 짧게 자른 아내의 머리를 무던히 못마땅해 했다. 식구들이 고갤 돌려 바라보는 이유는 왜 갑자기 머리를 잘랐는지 그 내막이 궁금하다는 뭐 그런 심정일 것이다.

예배를 마치고 나오는 길. 사모님께서 나를 보더니 화들짝 놀라 한

마디를 던졌다.

"어머! 집사님! 머리 짧게 잘랐네?"

"네. 목사님이 하도 속 썩여서 잘라버렸어요."

푸하하히! 고소! 쌤통! 가끔은 목사님이 교인의 속을 썩일 수도 있음을 전달했다고나 할까?

이튿날, 교회 식구 두 분을 뫼시고 지평선축제에 가는 길이었다. 중간에서 만난 두 분의 집사님이 내 머리를 보고 역시 화들짝 놀랐다. 그러면서 주일 석양예배시간에 목사님이 하셨던 말을 전해주었다.

"우리 교인 중에 누가 머리를 짧게 깎았는데, 목사님이 속 썩여서 그랬다고 농담을 하드라네."

"응! 그랬어! 누군지는 몰라도 재치 있게 농담도 잘혔당게."

잉? 이기 시방 누구 얘기여? 석양예배에 출석을 안 한 사이, 아침에 사모님께 한 말이 목사님께 전달되고 고새 전 교인에게 발표되었단 말이야? 어이없기는 듣는 나도 마찬가지였다.

"집사님! 그 주인공이 난데, 나 그거 농담 아니고 진담이여."

뒤에 앉아 있던 두 사람, 잘하면 숨넘어가겠다. 설마하니 그런 얘기를 여 집사가 했으리라곤 생각도 못하고, 남자 집사님들의 머리만 살피며 헤어스타일이 짧게 변한 사람을 찾으려 했다나?

"목사님! 저 그 말 농담 아니었어요. 참말로 목사님이 속 썩여서 머리를 잘랐당게요.

착각의 자유

수술 날짜가 가까워지며 신경이 곤두서 툭하면 소화불량에 걸리고, 깊은 잠을 이루지 못하는 날의 연속이다. 이런 상황에, 검사를 위해 전날 밤부터 물도 마시지 않은 상태로 새벽 첫차를 탔으니 몸과 마음은 이미 지친 상태다.

눈을 감고 있는데 옆자리에 누군가 앉는 기척이 느껴졌다. 자세를 바로 잡아주며 흘깃 쳐다본 순간 꿀꿀하던 기분이 밝아졌다. 마치 박하사탕을 입에 문 그런 느낌이랄까? 월요일 새벽 첫차를 타는데도 깔끔한 정장에 머리에서 발끝까지 흐트러진 구석이라곤 찾을 수 없을 만큼 단정한 남자가 앉아 있다. 확산되어 풍기는 기분 좋은 향기를 먼저 의식했음을 깨달았다. 세수만 겨우 하고 스킨조차 바르지 않은 맨얼굴이며 대충 빗어 넘긴 머리에 모자를 눌러 쓴 나와는 너무 대조적이다. 마음 한 구석에서 기분 좋은 하루를 성급하게 점쳤다.

차가 출발할 무렵, 남자가 휴대폰을 꺼냈다. 매너모드로 해놓았던 휴대폰에 딸이 전화를 걸었나보다. 행여 옆 사람에게 실례가 될까봐 목소리를 낮추어 다정다감하게 딸에게 속삭이는 모습에서 남자를 향한 호감은 더 높아졌다.

첫 인상만 보고 하루의 일정을 판단한 것이 얼마나 엄청난 오류인지 차가 전주를 빠져나가기도 전에 깨달아야 했다. 고속버스가 톨게이트에 진입하기 전, 어디선가 낮게 코고는 소리가 들렸다. 고개를 돌려보니 바로 옆자리에 앉은 남자였다. 흰 와이셔츠에 넥타이를 매고 고개를 한쪽으로 갸웃이 기울이고 잠이 들어 있다. 어쩌면 남자는 주말에 전주로 내려와 가족과 단란한 시간을 보내고 월요일 첫차를 타고 출근길에 올랐는지도 모른다. 딸아이와 즐거운 시간을 보내기 위해 휴일에 쉬지도 못했을 텐데, 얼마나 피곤할까? 여기까지가 내가 쓴 소설이고, 이 구상은 그 남자의 코고는 소리를 연민으로 들어주게 되었다.

시간이 지날수록 남자에 대한 환상은 무너지고 있었다. 잠을 자보려고 기를 쓰는 신경 예민한 여자 귀에, 남자의 코고는 소리는 천둥에 가까웠다. 팔걸이를 독차지하고 있어 팔을 올릴 데가 없다. 뭔 남자가 앉아서 자는데 저리 심하게 코를 긁아댈까? 짜증이 머리 꼭대기까지 올라 남자를 바라보니 고개를 내 쪽으로 85도쯤 구부린 채 무던히 잘도 자고 있다. 흘러내리는 침이 와이셔츠를 적시지 않을까 걱정까지 되었다.

휴게소에서 잠깐 남자의 코고는 소리로부터 놓여날 수 있었다. 차가 휴게소를 출발할 때 혼자 또 소설을 쓰기 시작했다. 두 시간 가까이 깊이 잤으니 이젠 맑은 정신으로 가든가 아니면 잠을 자도 코는 안 긁겠지? 그러나 현실을 빗나가는 나의 소설 앞에서 가슴이 미어지던 새벽이었다. 남자는 서울에 다 가도록 여전히 씩씩하고 우렁차게 코를 긁았다. 서울이 얼마 남지 않음을 이정표로 확인할 무렵에야 깜박 잠이 들었다. 누군가 내 오른팔을 툭 치는 바람에 소스라치게 놀라 잠이 깼다. 남자의 팔이, 팔걸이를 다 차지하고도 모자라 내 팔뚝 위까지 침입했다. 남자의 팔을 거세게 밀어버렸다. 남자는 그것도 모른 채 여전히 우렁차게 코를 긁고 있다.

남자는 정확하게 차가 강남 터미널에 진입할 때 잠에서 깨어났다. 머리를 손으로 가다듬고 차에서 내릴 때의 모습은 처음 봤던 모습 그대로였다. 세련된 걸음을 옮기는 남자의 뒷모습을 보고 나는 혀를 깨물며 굳은 결심을 했다. 다시는 겉모습이나 향수에 현혹되지 않으리라고…… 그런데 나는 왜 남자에게 조용히 해달라는 말 한마디도 하지 못했던 걸까? 어째서? 무엇 때문에?

「타이스 명상곡」

지인의 홈페이지를 방문하니 「타이스 명상곡」이 흘러나온다. 명상곡엔 이야기 줄거리가 있고, 특히나 「타이스 명상곡」의 줄거리는 누구나 가슴 싸해지는 사랑 이야기라 다들 좋아하는 곡이다. 「타이스 명상곡」을 들으며 거기 사랑 이야기를 생각하노라면, 성경의 호세아서에 나오는 창녀 고멜이 꼭 뒤따라 떠올려진다. 클래식한 이야기를 하려는 게 아니고, 「타이스 명상곡」 때문에 여고시절 음악 선생님께 된통 맞은 얘길 하려 한다.

음악시간이면 선생님께서는 수업 시작과 함께 이십여 분 동안 클래식 감상을 시켰었다. 대부분 음악수업이 점심시간 후라서 음악 감상시간은 내겐 참 고역이었다. 눈을 감고 클래식을 음미하라는 지시에 따라 눈을 감고 있으면 고개가 나도 모르게 아래로 처졌다. 선생님께서는 지휘봉을 들고 제자들 사이를 발소리도 없이 지나시다가 나처럼 꾸벅대는 학생들 머리를 지휘봉으로 내리치셨다.

허벅지를 꼬집어보고 별짓을 다 해봐도 음악 감상시간의 졸음은 나를 떠난 적이 별로 없어

늘 선생님의 표적이었다. 잘 아는 「소녀의 기도」나 「엘리제를 위하여」라면 듣겠는데 도무지 종자도 모를 클래식이 괴롭기만 하였다. 더 큰 문제는 감상이 끝나면 작곡자와 곡 제목을 물으시는데 뭐 하나 아는 게 없었다. 생활기록부에 전축이 있나 없나를 조사하던 가난한 시절이었으니 클래식을 접할 기회가 많지 않았다. 피아노를 전공하고 음악 좀 하는 친구들이, 손들고 쓱싹 맞추는 게 배도 아프고 거기에 따른 실기점수 플러스도 늘 속이 상했다.

어느 날, 음악실에 올라가 제발 오늘은 머리가 무사하길 빌고선 클래식을 감상하는데 익숙한 곡이 흘러나왔다. 잠은 천리 밖으로 달아나고 손 한번 들고 아는 척할 수 있겠다 싶은데 감상시간 이십 분이 다 지나도록 제목이 생각나질 않았다. 이윽고 선생님이 제목을 묻는데 갑자기 내 입에서 이상한 제목이 튀어나왔다.

"한일 카시미론 담요!!"

그랬다. 그 무렵 담요 선전에 「타이스 명상곡」이 배경음악으로 나왔다. 순간 반 친구들 대부분이 박수를 쳤다.

"잉! 맞다! 한일 카시미론 담요! 워디서 많이 들었다 혔드니……."

선생님 얼굴에 갑자기 붉은 단풍이 들었다.

"유영희! 너 나와!!"

아차 싶었지만 입의 통제를 벗어난 실수는 만회할 길이 없었다. 지휘봉으로 머리를 맞고 손바닥까지 맞았다. 선생님 옆집에 사는 것까지 죄가 되어, 옆집 사는 놈이 감상시간에 장난치며 「타이스 명상곡」

을 모독했다는 꾸중을 들었다. 매도 약이 안 되었는지 지금도 「타이스 명상곡」을 들으면 담요 광고가 생각난다.

현서의 믿음

현서는 우리 교회 전도사님의 아들이다. 이제 다섯 살이나 되었을까?

성탄전야 축하행사를 하는데 현서의 태도가 영판 이상했다. 유치부 꼬맹이들이 전부 무대에 올라가서 찬양에 맞추어 율동을 하는데, 현서는 그 아버지의 아들답게 점잖게 뒷짐만 지고 있는 것이다. 모든 유치부 아이들이 뒤로 발랑 넘어지는 율동을 취해도, 엉덩이를 흔들며 흥겨운 춤을 추어도 현서는 여전히 뒷짐을 지고 촐랑이(?) 짓을 하는 친구들을 둘러보기만 했다. 또한 유치부 어린이들의 재롱과 현서의 모습에 배꼽을 잡고 웃는 교인들을 묵묵히 지켜보고 있었다. 도대체 왜? 무슨 연유로 현서는 같이 춤을 추지 않고 뒷짐을 진 채로 지켜보기만 하였을까? 원래 그런 아이였다면 그러려니 했을 것인데 것도 아니고……

내막은 2006년 마지막 주일 예배시간에 담임목사님을 통해 전 교인에게 알려졌다. 유치부 모든 꼬맹이들이 찬양과 율동을 하는데 제일 가운데서 뒷짐을 지고 무게를 잡고 있는 현서를 보며 유치부 교사

나 현서의 부모나 속이 탔던 건 피차일반이었을 것이다. 짐짓 그 모습이 더 귀여워 교인들은 배꼽을 싸쥐고 웃었지만 바뀐 입장에서 생각해보면 그 순간만은 참으로 황당하지 않을 수 없었을 것이다.

그리하여! 행사가 다 끝난 후 유치부 선생님이 현서를 불러 그 이유를 물어보았다. 현서가 그럴 수밖에 없었던 기상천외한 이유란?

"하나님이 싫어하니까요."

현서의 말을 들은 선생님은 물음표를 열 개 쯤 머릿속에 띄웠다.

"왜? 왜 하나님이 찬양과 율동을 싫어한다고 생각하는데?"

물음표를 느낌표로 바꾸려고 선생님은 다급히 질문을 던졌다.

집에서 텔레비전을 보는데 젊은 가수들이 나와 묘한 춤을 추는 장면이 나왔단다. 유행에 민감한 현서가 이를 따라 하려 했었다. 그때 엄마가 현서에게 조용히 일렀단다.

"현서야! 저렇게 춤추는 것은 하나님이 싫어하시는 거야."

그래서 우리의 현서군은 춤추는 것은 하나님이 싫어하시는 거라, 성탄축하 잔치에서 춤을 추지 않았다. 그리고 하나님이 싫어하는 것도 모르고 열심히 율동하는 친구들과, 그것을 보고 즐거워하는 온 교인을 지극히 불쌍한 눈으로 살펴보았다. 현서를 제외한 모든 어린 양을 불쌍히 여겨달라고 기도한 건 아닌지 모른다.

누가 감히 현서를 향해 돌을 던질 수 있을 것인가? 세월이 조금만 아주 조금만 지나고 나면, 현서군은 뒷짐 지고 무게를 잡았던 2006년 성탄 전야의 순수를 추억하며 스스로도 무던히 큰 웃음을 터뜨릴 것이다. 순백의 고운 현서의 마음과 믿음이, 공명되어 머리와 가슴을 울린다.

3부 상금 씨의 본색

남자의 갱년기

여성의 갱년기를 그럴싸한 언어로 포장해 글을 한 편 쓴 적이 있다. 글을 읽었던 독자 한 분이 이의를 제기해 왔다. 같은 인간인데 왜 남자의 갱년기에 대해서는 외면하냐는 것이다. 대부분의 남성들이 남자라는 이유로 갱년기에 찾아오는 여러 증세를 아닌 척, 당당한 척 감추고 있는 건 아니냐고 반박을 하였었다.

안양에 사는 동생이 아픈 엄마도 찾아뵙고, 얼마 전 이사로 승진하여 그 턱을 내겠다며 전주엘 내려와 형제들을 불러 모았다. 무던히 오랜만에 우리 형제들과 그 2세들까지 모이게 되었다.

막둥이가 내는 승진 턱이니 우리 모두 먹다가 죽는 한이 있어도 많이 먹자며. 그날의 구호인 "먹다 죽자"를 외치며 먹어대는데 동생이 갱년기 남성의 고충을 털어놓는다.

"내려오다가 화장실엘 갔거든요. 쉬를 하려고 바지 지퍼를 내리고 팬티의 문을 열려는데 웬 바지가 또 있잖아요. 바지 지퍼를 안 내렸나 하고 아래를 살펴보니, 분명 바지 지퍼가 내려져 있는데 웬 바지가 또 있는 거예요. 이것이 뭔 사건이다냐 하고 살펴봉게, 글쎄 입고 있던 반바지 벗는 것을 깜빡하고 그 위에 팬티하고 바지를 또 입었더라고요. 어쩐지 바지를 입으면서 허리랑 엉덩이가 쪼인다 싶어 살이 쪘나 보다고 생각했당게요. 그래서 지금 갑갑혀 죽겄시유."

푹푹 찌는 한여름에 무릎까지 내려오는 반바지 위에 또 바지를 입었으니 퍽도 따뜻하겠다며 온 식구가 데굴데굴 굴렀다.

뒤를 이어 폭탄 발언을 하는 갱년기 남자 한 분. (울 집 형제이며, 사

회적 지위와 체면을 고려하여 누구라고는 못 밝힘)

"나는 말여, 운동을 끝내고 봉게 비가 오더라고. 그래서 한 손에 우산을 들고 화장실을 갔거든. 쉬를 한참 하는데 이상하게 물 내려가는 소리가 안 나는 거여. 이상하다 싶어 살펴봤더니, 아 글쎄 추리닝 바지만 내리고 팬티 문을 안 열었드랑게. 옆에 있던 두루마리 화장지 뜯어서 대충 닦았는데 기분 참 그렇더고만."

우헤헤헤헤!! 푸하하하하!! 온 식구의 입에서 튀어나온 오리가 공중을 날아다니는데 누구는 낼 모레 마감인 박사학위 논문을 차에 놓고 내려 찾는 데 애를 먹었다는 이야기가 뒤를 잇는다. 웃어대는 여자들을 향해 남자들 하시는 말씀.

"참나~! 웃음이 나오요? 말은 안 해도 다들 속은 있을 것이고만."

나오는 웃음 그냥 웃을 뿐인디 속은 뭔 속?? 진한 동지 의식을 느꼈다는 게 솔직한 맴이지.

레시피 탓

"어머님! 이이가 어묵국이 먹고 싶다고 해서 끓여줬는데 맛이 없네요. 왜 그럴까요?"

"예전에 엄마가 어묵국 끓여주셔서 맛있었다고 했더니, 미림이가 끓였는데 맛이 2% 부족 한 것 같아요."

아들과 며느리의 수다를 듣고 있다가 어떻게 끓였는지 물어보았다.

"무, 다시마, 양파, 파를 넣고 육수를 낸 후 거기에 어묵을 넣었어요."

"멸치는?"

"네? 멸치요? 레시피에 멸치는 없었는데……. 멸치도 넣어야 되는 거예요?"

레시피에 멸치가 빠져 있어 육수를 낼 때 멸치를 안 넣었다는 며느리의 말에 나는 배가 아프도록 웃었다. 딸 셋에 아들 하나인 집의 맏딸로서 공부만 하다가 대학졸업과 동시에 직장 생활을 하고 있으니 요리를 배울 틈이 없었을 것이다. 그렇기로서니 멸치 육수를 내는 데 멸치를 안 넣었다니…….

다시 생각해도 웃음이 나오는데 그런 며느리가 밉지 않다. 아니, 레시피엔 분명 멸치가 없었다며 눈을 동그랗게 뜨고 되묻던 모습이 너무너무 귀엽다. 잘 못하는 솜씨지만 제 남편이 집엘 오면 무언가를 만들어 먹이려고 애쓰는 모습은 고맙기까지 하다. 툭하면 인스턴트식품으로 해결하거나 그도 아니면 사먹어 버리는 게 비일비재한 요즘에 제 손으로 직접 음식을 만들려 애쓰는데 어찌 부족한 부분이 눈에 들어올 것인가?

"닭볶음탕을 하려고 닭을 사다놨는데 걱정돼요. 어머니처럼 맛있게 만들지 못할 게 빤한데 어쩌지요?"

주방에서 시어머니의 손길을 열심히 살피던 며느리가 심히 걱정스러운 얼굴로 말을 꺼냈다.

"재료를 뭐뭐 샀는데?"

"레시피 보고 사다놨는데 뭐가 빠졌는지 알 수가 없어요."

"닭볶음탕에 닭만 안 빠지면 닭 맛 나는 거니까 대충 만들어서 먹으렴."

"크흐흐흐! 그래야겠지요?"

제 잘났다고 혹은 혼자서도 다 잘한다고 나서는 며느리보다, 못한다고 걱정하며 물어오는 모습이 백 배 천 배 더 예쁘고 귀엽다.

맞아도 싸지

초등 5학년 때던가? 같은 동네에 사는 동창 머스마인 순식이가, 저 그 엄마가 혼내면 악악 소리 지르며 말대꾸를 해 대는데 반항하는 모습이 겁나게 멋져 보이더라고. 당시 나는 부모님께 대든다는 것은 꿈도 못 꾸던 시절이었거든.

어느 여름날 친구랑 수돗가에서 발을 씻다가 고무호스를 쥐고 물놀이를 즐기고 있었어.

"수돗세 나강 게 물장난 허지 말어라."

그때 뒷마루에서 뭔가를 하고 계시던 엄마가 점잖게 꾸중을 하시더라. 맨발이었던 나는 친구 등에 업혀가며 문득 순식이의 말투를 흉내내었어.

"야~! 저런 엄마는 차라리 없는 게 낫겠다. 그치이?"

나를 등에 업은 친구가 겨우 두어 걸음쯤이나 발을 떼어 놓았을까? 소리도 없이 다가온 엄마 손에 나는 머리끄댕이가 잡혀 목이 뒤로 젖혀지며 친구 등에서 땅바닥으로 패대기가 쳐지고 말았어. 친구는 꽁지 빠지게 도망을 가버리더군. 순식이는 저그 엄마한테 이렇게 떠벌려도 괜찮았는데 나는 왜 끄댕이를 잡혔지? 예상 못한 엄마의 반응에 나는 참으로 황당했었어. 더구나 누구에게 머리끄댕이를 잡힌 처음이자 마지막 기억이었으니 내가 얼마나 당황했겠느냐고.

엄마로부터 버르장머리 없다는 훈시를 얼마쯤 듣고는 나는 다락방에 누워 깊이 생각하기 시작했지.

'순식이 엄마는 욕만 했지 끄댕이를 잡지 않는데 울 엄마는 왜 그럴까? 그 애는 아들이고 나는 딸이라서 그런가?

생각에 너무 깊이 빠졌었나 봐. 격앙된 음성과 나를 마구잡이로 흔드는 손길에 의해서 힘겹게 눈을 떴어. 어느새 잠이, 것도 아주 깊이 들었던 모양이야. 딸년에게서 별 해괴한 말을 들었던 엄마는 생각할수록 분하며 괘씸한 생각이 들었던가 봐. 엄마는 나를 좀 더 혼내려고 찾았는데 다락방에서 세상모르게 자고 있는 모습에 화가 솟구쳐 버린 거야. 엄마는 바느질을 할 때 쓰던 대자로 나를 때리며 마구 호통을 치시더라.

"어디서 그런 못 돼먹은 말을 배웠냐? 에미가 없으면 좋겠다고? 그럼 고아원으로 가버리지 왜 내 집에서 잠은 자냐? 아까 그 소리 해봐. 또 해봐아~~!!"

순식이도 다락방에서 맞았을까를 생각하다가 나는 그 친구가 제 엄마한테 했던 멋진 멘트 하나를 기억해냈어.

"이럴 바에는 차라리 날 죽여."

나 그날 정말이지 안 죽을 만큼 맞았다. 대자 자국을 팔뚝이며 허벅지에 사정없이 그려 놓고도 엄마는 분이 안 풀려 아버지께 고자질을 하셨던 모양이야. 저녁엔 아버지 앞에서 발에 감각이 없을 때까지 무릎을 꿇고 앉아 있었지.

아무래도 그때 너무 맞아서 류머티즘에 걸린 것 같다고 말하는 나를 향해 큰형부가 눈을 부릅뜨고 말하더라.

"에휴! 그때 확실하게 맞았어야 사람이 되는디, 어설피 맞아서 처제가 오늘날 이 모양이랑께."

상금 씨의 본색

쉰을 넘긴 딸년은 팔십 중반이 되시는 엄니를 놀려먹는 재미가 쏠쏠하다. 가정교육이 잘못되었다고 탓하진 마시라. 결혼하기 전, 아니 아프기 전까지 아버지는 물론 오빠들 앞에서 다리 한번 뻗어보질 못하고 살았다. 그뿐이랴? 쭉 빠진 다리를 소유했으면서도 무릎 위로 올라가는 치마 한번 입어볼 엄두도 못 내고, 백옥 같은 피부를 가졌으면서도 민소매 티셔츠 한번 못 입었다.

고추도 못 달고 나와 구박덩어리였던 막내딸년이 몸이 아프다는 게 막강한 무기가 된 것인지 아니면 제조과정의 문제인지 가끔 똥딴지같은 사고를 쳐대는데, 그 만만한 대상이 바로 엄마이시다. 전화를 걸어 "상금 씨~~!" 하고 야시시하고 은근한 목소리로 불러대는 날이 자주 있다. 오만 요상한 목소리를 가장하여 우리 엄마 김 여사를 헷갈리게 하는 방법을 지금도 열심히 궁리 중이다. 아파트가 싫다며 부득불 혼자 계시는 엄마가 심심할까 봐, 웃음거리를 찾아드리는 나름의 효도인 것이다.

엊그제, 서울 언니가 엄마에게 용돈을 부쳐왔다. 저그 엄마에게 드리는 용돈을, 왜 내 통장으로 보내서 나를 귀찮게 하는지 모르겠다. 심부름 값도 안 주면서……. 늦은 밤, 상금 씨에게 전화를 걸었다.

"엄마~~! 뭐해?"

"잉~! 저녁 먹고 테레비 보는 중이여. 워찌 그려?"

"기냥! 엄마 목소리가 듣고 싶어서. 내가 엄마한티 뭐 해주면 좋겠어?"

"워디 아프냐? 목소리가 우째 기운이 한나도 없다."

"(부러 더 기운 빠진 목소리로) 아냐~~! 엄마 뭐 필요해? 내가 뭐 해줄까?"

"에그. 나 필요한 거 암것도 없다. 돈도 필요 없고, 맛난 것도 필요 없고, 너만 건강하면 되야. 에미 걱정은 하덜 말고 니 몸이나 챙겨라."

"(오도방정 떠는 본래 목소리를 되찾아서) 그래? 정말 암것도 필요 없다, 이거제? 돈도 필요 없고?"

여기서 울 엄마 김 여사님은 대꾸를 못하고 망설였다. 뭔 눈먼 돈이 찾아올 모양인데 자칫 말실수를 했다가는 여시 같은 딸년한티 자장면 한 그릇이라도 사줘야 됨을 오래전에 알아버린 터가 아니던가? 김 여사님은 바쁘게 머리회전을 시키며 상황판단을 하시려고 무던히 애를 쓰셨을 것이다.

"작은언니가 엄마 용돈 드리라고 부쳐 왔는디, 엄마가 돈 필요 없다고 했으니까 안 갖다 드리고, 나 맛난 거 사먹고 건강하면 되는 거지?"

내 가장 오랜 친구인 상금 씨, 혼비백산하여 좀 전에 하셨던 말씀을 뒤엎느라 정신이 없으시다.

"야봐~! 에미가 아프기라도 하면 손에 돈 있어야제. 글고 6일 날 교회에서 워디 놀러가는디 목사님 음료수 사드릴 돈도 없구만."

"아무렴야 엄마가 음료수 한 병 살 돈이 없을라고? 엄마가 좀 전에 그랬잖여. 다 필요 없고 나만 건강하면 된다고. 그랑께 나가 그 돈으로 맛난 거 사먹고, 건강하면 그것이 엄마의 소원을 이루어 드리는 길이잖우?"

옆에서 통화 내용을 듣고 있던 남편이 느닷없이 다가와 마누라의 뒤통수를 파리 잡듯 후려쳤다.

"어이구! 꼭 그렇게 장모님 약을 올려야 속이 시원하냐? 도대체 나이가 몇이냐?"

내 돈 드리는 건 아니지만 전달자로서 그만한 특권(?)은 누려도 되잖우?

지난밤에 온다는 딸, 아니 돈을 기다리다 바람맞은 김 여사님. 내일 가겠다고 전화를 하니 생과일주스를 갈아놓고 기다리신단다. 그러면서 막내딸이 보고 싶단다.

"칫! 엄마가 나를 기다리는 것이 아니고 작은언니가 부쳐온 돈을 기다린다는 것은 조선 팔도 사람이 다 아는디?"

말도 안 되는 딸년의 투정 앞에서 하염없이 웃는 엄마의 웃음에, 언제부턴지 풍선에 바람 빠지듯 기운이 빠지고 있는 것 같다.

신분 상승의 꿈

　중학교 1학년, 그러니까 열네 살 시절이었어. 호남고속도로가 개통되어 전주와 서울을 잇는 고속버스가 다니기 시작했고, 고속버스를 타본 사람의 경험담을 침을 삼키면서 듣곤 했었지. 그 무렵에 큰언니가 고속버스회사에 취직이 되었어. 말하긴 싫지만 언니는 내 미모와는 달리 꽤나 반반한 얼굴을 가진 축에 속하거든. 처음 고속버스가 생겼을 때 안내양이 있어서 승객들의 불편 사항을 해소시켜주었는데 이 언니들을 미모 순으로 뽑았었거든. 우리 언니가 바로 거기에 속했던 거야.

　컵에 담긴 물이 출렁거리지도 않더라는 고속버스. 아침밥 먹고 버스를 탔는데 점심은 서울에서 먹었다는 말들을 들으며 언니가 모 고속버스 회사에 취직을 하게 된 것을 나는 가문의 영광쯤으로 생각했었어. 아쉬움이라면 안내양은 절대 시킬 수 없다는 아버지의 완강한 반대 때문에 언니가 사무직으로 들어갔다는 거였지. 어쨌든 언니가 서울을 오가는 안내양 언니에게 부탁하여 휴게소에서 사온 호두과자와 핫도그를 먹는 즐거움은 내 삶의 대단한 행복이며 자부심이고 긍지였었어.

　여름방학이었어. 퇴근한 언니를 위해 칼국수를 끓여주고 잔심부름을 해준 공로로 나는 고속버스를 타게 된 거야. 물론 공짜였지. 승객이 없어 좌석이 남아도는 이른 아침, 언니는 안내양 언니와 기사님께 부탁하여 나를 서울까지 태우고 갔다가 그 차로 다시 돌아오게 했던 거야. 고속버스를 타기로 했던 전날, 나는 잠을 꼬박 설쳤어. 고속버스를 탄다는 것은 마치 은하철도 999를 타고 우주를 여행하는 것과 다름이 없었거든. 아! 말로만 듣던 서울을 간단 말이지? 근데 눈감으면 코를 베어 간다는데 마스크를 써야 하는 것은 아닐까?

온몸의 파도치는 떨림을 끌어안고 고속버스에 올랐어. 그때 전주에서 서울까지 가는 데 걸리는 시간이 네 시간 반쯤 되었을까? 별 구경거리도 없는 창밖을 나는 얼마나 열심히 살폈는지 몰라. 이정표 하나하나를 살피며 내가 지나는 곳이 어디인지 세세히 입력했지. 휴게소에 들어섰을 때 나는 행여 차를 놓칠까봐 화장실만 다녀오곤 버스에서 꼼짝하지 않았어. 드디어 서울에 입성하는 순간, 나는 심장이 터져버리는 줄 알았지. 대통령도 살고 남산도 있고 창경원도 있는 서울에 내가 왔다니……

동대문 터미널에 차가 진입하자 안내양 언니는 나더러 멀리 가지 말고 근방에 있다가 차가 몇 시에 떠나니 시간 맞추어 타라는 거야. 고속터미널이 반포로 옮겨가기 전에 동대문에 있었던 걸 기억하는 사람은 몇이나 될까? 차 안에 앉아 있자니 지겹기도 하고 배도 고프고 하여 차에서 내려 서울 땅을 직접 밟아보았어. 흠! 모든 냄새며 공기까지 고급으로 느껴지더라. 바로 앞에 보이는 동대문을 향해 나는 살금살금 발을 옮겼어. 손으로 코를 움켜쥐고서 말이야. 사진으로만 보던 동대문을 직접 두 눈으로 보던 감격을 그 누가 짐작해줄까? 고개를 뒤로 돌려 고속터미널이 시야 안에 잡히는 지점까지 갔다가 나는 다시 버스로 돌아왔어. 길을 잃을까봐 두렵고, 누군가 내 코를 베어갈까 무섭고, 언니가 준 소액의 용돈을 털릴까봐 불안했거든. 나는 서울에서 딱 한 시간을 머물며, 서울 시민하고는 말 한마디도 나눠보지 못하고 전주로 돌아오고 말았어.

집에 돌아온 다음, 나는 고속버스 체험을 온 세상에 전파하기 시작했어. 고속버스를 못 타본 가족들이나 친구들은 침 튀기며 경험담을 늘어놓는 나를 존경스런 눈으로 보고 있었지. 알 수 없는 일은 서울에서 입 한번 뻥긋하지 않고 돌아온 내 말투가 어느새 서울 말투로 변해 있었던 거야.

"얘! 있잖니, 이건 이렇구저렇구, 어쩌구저쩌구……."

서울 말씨를 유창하게 구사하는데 느러터진 전라도 사투리를 쓰는 친구들이 무던히 하찮게만 보이더라. 바야흐로 나는 상류사회에 발을 들여놓은 몸이고 세련으로 덧입혀진 사람이 된 것 같았어. 고속버스 타본 경험담을 되지도 않는 서울 말투로 1박 2일 동안 늘어놓으며 나는 신분 상승이라는 자아도취에 빠져 있었어.

"야! 너 말여, 내가 들어봉께 서울 사람하고 말 한마디도 안 허고 내려왔담서? 근디 어치케 말 한마디도 못하고 내려온 가시내가 서울말을 쓰고 지랄이냐?"

안 그래도 눈이 커서 간장종지라는 별명을 가진 작은언니가 큰 눈을 더 부릅뜨며 내게 소리를 지를 때 나는 언니가 참 천박해 보이더라. 저렇게 눈을 부릅뜨다 혹 눈알이 쏟아지는 건 아닐까 걱정도 되고……. 하지만 나는 아무런 반격을 할 수 없었어. 언니 말이 틀린 부분이 하나도 없잖아. 세련을 가장하던 서울말 흉내 내기도 당연히 막을 내렸지.

옛날에 옛날에

아버지 생전엔 할아버지 제사에 40여 명의 가족이 모였었다. 고모 님들은 엄마와 한 패가 되고, 우리 자매들과 올케들이 한 패가 되었 다. 남자형제와 형부들은 간단한 술상을 앞에 놓고 밤도 오기 전에 거 나해진 말투로 목소리가 높아 갔다. 아이들은 또 지들 나름대로 16명 의 군대였다.

어느 패거리고 통제 불능인 건 마찬가지지만 제일 난리법석인 팀은 과격한 행동으로 사고를 치는 아이들이었다. 아버지가 기다란 막대기 를 들고 녀석들을 쫓아다니며 통제를 시도한 것이, 거꾸로 패거리들 을 몰고 다니는 꼴이 되어 집안을 더 시끄럽게 하였다. 녀석들은 보초 를 세워 그런 할아버지의 움직임을 주시하고 있었다.

"야! 교장 선생님 오신다!"

보초가 큰소리로 외치면 녀석들은 신발을 신은 채 안방을 가로질러 앞마당으로 달아나곤 하였다.

신발을 신은 녀석들이 우르르 안방을 훑고 지나가면 방에서는 고모 들의 비명소리가 터져 나왔다. 아버지께서 나중에 도착했을 때 남은 아이들은 하나도 없었고, 어느새 앞마당 구석에서 녀석들은 다른 놀 이에 빠져 있곤 하였다. 차라리 한 곳에서만 시끄럽게 하도록 그만 두 라고 말려도 아버지는 멈추질 않으셨다. 아마도 교장 선생님 놀이가 무척 재미있었나보다. 돌아가시던 해까지도 그 역할을 하셨으니 까……

어느 해이던가? 아버지를 피해 도망을 치던 녀석들이 거실에 있는

커다란 수족관을 밀쳤었다. 무언가 박살이 나는 소리가 나더니 아이들의 비명이 터져 나왔다. 거실로 나와보니 온통 물바다에, 수십 마리의 열대어들이 팔딱거리고, 놀란 아이들은 도망가던 자세에서 엉거주춤한 자세로 다음 행동을 취하지 못한 상태였다. 이때다 싶으셨는지 아버지는 교장 선생님이 되어 마음껏 목소리를 높이셨고, 사위들은 초장 갖다가 싱싱한 생선회 먹자고 이죽거리고, 고모님들은 웃다가 뒤로 넘어가셨다. 오빠는 그 후로 수족관을 놓지 않았다. 아이들 노는 데 방해물이며 행여 어느 녀석 머리카락 하나라도 다칠까 싶어서였다.

지금 교장 선생님은 떠나셨다.

"뭐 좀 먹었냐? 잘 좀 먹어라. 피곤하면 애비 옆에 자리 깔아 줄틴게 와서 누워라."

앞뒤로 다니시며 나를 볼 때마다 보살펴주던 당신의 자리를 다 놓고 훌훌 가신 지가 벌써 13년에 접어들었다. 이제는 모이는 수가 절반도 안 된다. 다 자란 아이들이 집을 떠나 객지에 있어, 오지를 못한다. 나보다 더한 장난기를 발휘하던 고모들도 팔십 객이 되셨다. 그래서인지 고모님들도 참 많이 조용해지셨다.

밥상을 무려 세 개를 차리고도 한꺼번에 밥을 못 먹어 2차반까지 구성했던 가족은, 엊그제 한 개 차려진 큰상에서 비좁긴 했지만 1차에 식사를 해결했다. 말은 꺼내지 않지만 공백이 주는 허전함은 어쩔 수 없었다. 시간이 갈수록 빈자리는 점점 늘어가겠지? 영영 채울 수 없는 공백으로 말이야……. 옛날! 그때가 참 그립다.

오직 한마디, 헤이!

잘 아는 선생님의 친정어머님이 만들어주신 엽기적인 사건입니다, 그분의 아들이 일찌감치 미국에 들어가 살고 있었습니다. 어머니를 모셔가려고 몇 번의 시도를 했건만 그 어머니는 말도 통하지 않는 낯선 땅에서 살 수 없다며 몇 년을 한국 땅에서 사셨습니다. 그러다 연세가 많아지셔서 어쩔 수 없이 태평양을 건너게 되었습니다.

언젠가는 미국으로 가셔야 하니 영어를 배워두라고 딸이 성화를 해댔건만, 할머니는 그깟 서양말 안 배운다며 영어라곤 한마디도 모른 채 덜컥 미국 땅을 밟으신 것입니다. 처음 얼마 동안은 낯선 이국땅에서 기가 죽어 문밖 출입은 꿈도 못 꾸고 집안에서만 온 종일을 지내셨답니다. 그렇게 얼마가 지나자 할머니는 답답하기도 했고 문밖이 궁금해졌습니다. 오늘은 바로 대문 밖까지만 나가보고, 다음날은 조금 더 나가보고, 그러다 어느 날은 몇 블록 떨어진 곳으로 구경을 나가셨답니다.

"구경 잘했다! 까짓 미국도 별것 아니네."

하며 집으로 돌아오려는데 그만 길을 잘못 들었나봅니다. 아무리 눈을 휘둥그레 굴려봐도 그 집이 그 집 같아 아들집을 찾을 수가 없었습니다. 한참을 헤매다보니 눈앞에 집이 보이더랍니다. 안도의 한숨을 내쉰 할머니, 초인종을 누르며 회심의 미소를 지으셨는데, 문을 열고 나온 사람은 가족이 아닌 황소만한 덩치의 흑인이더랍니다.

할머니는 집에 도둑이 들었다고 생각하셨습니다. 영어라고는 한마디도 못하시는 할머니, 도둑을 어떻게 집밖으로 이끌어 내야 할지 궁리하셨습니다. 그때 떠오른 영어 한마디가 바로 '헤이!' 였습니다. 그래서 한쪽 눈을 찡긋거리며, 눈웃음을 설설 흘리면서, 손가락을 까딱거리며 '헤이!'를 연발하셨습니다. 드디어 그 남자를 밖으로 불러내는 데 성공하셨습니다.

우리가 흑인들 얼굴을 보면 나이를 측정키 어려운 것처럼 그들도 동양계 사람들 얼굴의 나이를 잘 분간하지 못한다더군요. 웬 자그마한 동양 여자가 온갖 교태를 부리며 손으로 자기를 부르자 흑인 남자는 영문도 모른 채 집밖으로 따라나섰던 거지요. 흑인 남자가 문밖으로 나서는 순간 할머니는 총알처럼 집안으로 뛰어들어 현관문을 꼭꼭 잠갔답니다.

"아휴!! 다행이다."

한숨을 돌리고 거실을 보니 아들집이 아니었습니다.

할머니는 다시 집 밖으로 나와 손이 발이 되게 싹싹 빌었는데 그 흑인 아저씨가 얼마나 황당했겠어요? 말이 안 통하니 변명도 못하고 결국은 경찰서까지 가게 되었답니다. 다행히 그곳에 교포 경찰이 있어 사정을 설명하고 순찰차의 도움을 받아 아들집까지 무사히 돌아올 수 있었습니다. 그날 이후 당신과는 상관없다던 영어를 배우려 할머니는 피땀 흘리는 노력을 하고 계신답니다. Have a nice day!!

진실을 알고 싶다

조부모님은 소설 『아리랑』의 시작 무대인 김제군 죽산면에서 농사를 짓고 살았다. 우리 형제들은 일곱 살까지 그곳에서 지내다가 초등학교에 들어가게 되면 부모님이 계시는 전주로 왔다. 방학을 하면 가방 가득 숙제물이며 옷가지를 들고 할머니가 계시는 시골로 내려가고…….

내 일곱 살의 여름에 비극은 일어났다. 전주에 왔다가 엄마를 따라 시장엘 갔다. 촌년이 보는 도시의 시장은 온통 별천지였다. 천변 아래는 서커스 장막이 쳐 있고 개도 아니고 사람도 아닌 요상한 짐승이 손으로 음식을 집어먹고 있었다. 그것이 원숭이임을 초등학교에 들어가서 알았으니, 보이는 모든 것이 그저 신기하기만 했던 시절이다.

엄마가 멜빵이 달린 분홍색 치마를 사서 입혀주었다. 공주가 된 기분으로 배추를 흥정하는 엄마 손을 붙잡고는 원숭이에 정신이 팔려 있었다.

'저것이 개도 아니고, 사람도 아니고 대체 뭘까?'

한참을 무아지경인 상태로 구경을 하다가 배추장사 아주머니의 말로 인해 정신이 들었다.

"아가! 너 왜 안 가냐?"

그때사 살펴보니 엄마가 없었다. 순간 몰려드는 두려움이라니…….
울음을 터뜨리며 엄마를 찾아 시장바닥을 헤맸다. 그 자리에 그대로 있으면 엄마가 찾으러 온다는 법칙을 촌년은 모르고 있었다.

지치도록 헤매도 엄마는 못 만나고 희한한 물건을 또 만났다. 식당으로 기억되는 곳인데, 동그란 물건에서는 엄청나게 센 바람이 나오고 사람들은 서로 그 앞에 얼굴을 들이밀고 앉아 있었다. 그것이 선풍기임을 알게 된 것은 언제인지 모르겠다. 눈물, 콧물, 땟물에 절은 얼굴로 한참 동안 그 신기한 물건을 구경했다.

어스름 어둠이 내릴 무렵에 어떤 아저씨가 자전거에 태워 경찰서로 데려간 모양이다. 순사라면 울다가 숨도 멎는 시절에 수많은 순사 복장에 기가 질릴 대로 질렸었다. 숨이 넘어갈 것 같은 엄마의 울음소리와 엄마를 타박하는 아버지의 음성을 잠결에 들었다. 똑똑한 촌년이 아버지 함자랑 직장을 또박또박 외우고 있어 다행히 집으로 돌아올 수 있었다.

문제는 자궁암을 앓고 있던 할머니였다. 막내손녀가 집엘 들어서자마자 대성통곡을 하며 말씀하였다.

"아이고! 니 에미가 딸이 하도 많응게 아메도 널 버린 모양이다. 내가 우리 영희 영영 못 찾으면 죽어버릴라고 혔단다."

몸이 아파 전주로 와 계셨던 할머니가, 시골에 있는 손녀가 보고 싶다고 해서 나를 전주로 데리고 왔던 모양이다. 엄마가 할머니께 치른 곤욕은 안 봐도 훤하다.

"버리면서 옷은 하나 사 입혔능가보다."

45년 가까운 세월이 지났는데 할머니가 하신 말씀이 아직도 귀에 쟁쟁한 거는 왜일까? 가족들 모인 곳에서 가끔 그 얘기를 꺼내며 엄마에게 진실을 밝히라 하면 모든 식구들은 할머니 말씀이 진실이라고 한다.

"얼굴이 이쁘길 하냐? 머리가 좋기를 하냐? 나라도 갖다버리지,"

이건 언니나 오빠들이 하는 말이다.

"그때 뭐 하러 다시 집으로 왔어? 돈 많은 부잣집 수양딸로나 갈 것이지. 그럼 텔레비전 나가서 가족상봉 할 건데……."

이건 유씨가 아닌 다른 성을 가진 형부와 남편 그리고 올케들이 하는 말이다.

그래! 아무래도 그런 것 같아. 엄마! 엄마는 절대 버린 것이 아니라 내가 먼저 다른 곳으로 갔다고 우기시는데 절대 아니걸랑. 나는 엄마가 배추 사던 곳에서, 엄마가 쥐어준 양산을 꼭 잡고 가만히 있었단 말이야.

"엄마!! 이젠 다 용서해드릴 테니까 진실을 말해주실래요? 고의로 버린 거야? 아님 일부러 놓고 간 거야?"

한 두(頭)에 만 원

엄마의 팔순을 기념하여 직계 손들이 다 모였다. 케이크에 촛불을 켜고, 생일 축하 노래도 부르고, 폭죽도 터뜨리고……. 그 다음 이벤트가 작년에 엄마를 소재로 썼던 글 중에 거금 백만 원을 벌게 해준 글의 낭송이었다.

형제들에게 주려고 가져갔던 문학상 작품집에서 엄마 이야기를 찾아 조카에게 낭송을 시켰다. 즐거운 자리인데 가족들 고개가 점점 아래로 수그러든다. 어쩌자고 언니는 우냐? 오빠 눈가도 붉게 젖어들고, 수십 번은 읽었음직한 글 앞에서 덩달아 콧물이 그네를 탔다. 조카의 낭송이 끝나자 다들 드센 항의를 표했다.

"야! 니 엄마 팔아서 얼마 벌었다고? 울 엄마 팔아서 상 탔는디 국물도 없냐?"

식사가 끝나고 시끄러운 수다판이 벌어졌다. 가끔 소재를 제공하는 차원의 경험담이 나오기도 하였다.

"나아~! 빛나리 삼형제 팔아서 돈 벌었다."

내 속물근성을 유감없이 드러내며 말을 꺼냈다. 눈을 동그랗게 뜨고는 어디에서 얼마를 벌었느냐고 숨 가쁘게 물어왔다.

"시의회에서 출판하는 환경잡지인데, 원고청탁이 와서 글을 보냈는데 고료 준다며 계좌번호를 묻더라고. 그런데 엄마 한 분 팔아서는 백만 원이었는데, 빛나리는 셋을 묶어 팔아도 3만 원밖에 안 되더라. 결론은 한 두(頭)에 만 원밖에 안 하더라고."

뻥한 얼굴이던 온 식구가 갑자기 뒤집어졌다.

"푸하하하하하!! 한 두(頭)당 만 원짜리밖에 안 된다고? 십만 원도 못 되고 만 원?? 빛나리는 시세가 약하고만."

오빠가 올케에게 뭔 말인가를 하려다가 제지를 당했다.

"두(頭)에 만 원짜리가 뭔 말을 그리 하요?"

졸지에 오빠랑 동생을 만천하에 두(頭)당 만 원짜리를 만들어놓고 마냥 즐거운 나! 천사표는 절대 아니지?

고통을 동반한 개그

촬영 때문에 내 일만 잔뜩 밀려버렸다. 들어야 할 강의가 무려 열 과목인데다, 이틀 뒤 마감인 원고가 A4 용지로 8매이다. 마음만 바쁘지 지칠 대로 지쳐버린 몸은 한 글자의 진도도 못 나가고 모니터를 바라보며 짜증만 내고 있다. 그때 친구에게서 전화가 걸려 왔다. 삶이 슬그머니 짜증으로 다가올 때 그녀의 전화는 무조건 반갑다. 그 친구와 통화를 하다보면 심각했던 문제들이 어느 순간 아주 작고 사소한 일이 되고 만다.

건성으로 인사를 건네더니 친구가 대뜸 깔깔 웃어댄다.

"야! 내가 우리 신랑 땜시 우스워 죽겄다아~!"

사건의 내막은 이렇다. 친구는 지난밤 텔레비전을 보다가 거실에서 잠이 들었고, 저그 신랑은 안방 침대에서 잠을 잤단다. 새벽, 잠결에 들으니 안방에서 "쿵!" 하고 무언가가 떨어지는 큰 소리가 들려왔단다.

'아! 또 침대에서 떨어졌구나.' 하고 생각하며 곧이어 들려올 비명 소리를 기다렸는데 아무리 귀를 기울여 봐도 아무런 소리가 들려오질 않았다. 잠결에 잘못 들은 거라 생각하며 친구는 다시 잠이 들었다.

아침을 먹으러 나온 친구의 남편은 다리를 절뚝이고 있었다.

"당신 또 침대에서 굴러 떨어졌지?"

"쒸이~! 그게 아니란 말여!"

"새벽에 쿵 소리를 내가 들은 것 같은디?"

"그게 아니라 내가 방바닥에서 잔 줄 알았거든. 그래서 화장실에 가려고 벌떡 일어나 뚜벅뚜벅 걷다가 허공을 날아버렸잖여. 발뒤꿈치도

디게 아프고 양 무릎도 시방 무지 아프단 말여."

친구네는 돌침대라 위에서 걸어도 방바닥과 느낌이 다를 바 없다. 잠이 덜 깬 상태에서 지난밤에 바닥에서 잔 것으로 착각을 하였고, 침대에서 벌떡 일어나 비몽사몽간 뚜벅뚜벅 걷다가 침대에서 추락을 해 버렸다는 것이다.

"근디 왜 비명 소리가 안 났지?"

"내가 비명 소리 내면 당신이 달려와 고소해 죽을 거잖여. 쪽팔리기도 해서 디게 아픈디 소리도 못 내고 다리 붙잡고, 이 악물고, 웅크리고 있었다."

내 친구 지지배가 누군가? 그 앞에서 얼마나 아팠느냐 혹은 어디를 어떻게 다쳤냐고 묻기도 전에 박장대소를 하고도 남을 위인이다.

"우~~쒸! 진짜 아프단 말여."

마눌의 동정을 받아보려고 어리광을 부리는데 그 마눌이 날린 결정타!

"어쩌면 당신의 개그는 하나같이 고통을 동반하고 벌어지냐? 영희에게 말해주고 글로 쓰라고 해야지~!"

덕분에 흐린 기분을 다 날려 보내며 웃었다. 그리고 나는 점잖게 친구의 신랑에게 문자를 보냈다.

'새벽부터 허공을 난 기분이 어떠셨나요? 좋았다면 다음에는 부부가 같이 날아보시죠.'

김 씨 아저씨들의 반항

노점에서 냉이가 추위에 떨고 있는 것 같아 한 끼 양식 삼아 집으로 이주시켰다. 밤 열 시가 넘은 시각, 아침에 먹을 냉이국을 끓였다. 묵은 김치를 송송 썰어 넣고 된장을 묽게 풀어 끓이는 국 냄새가 집안에 솔솔 스민다.

코를 자극하는 냄새에 입 안에 자꾸 침이 고인다. 먹은 밥 양이라고 해야 간장 종지만한 그릇에 한 그릇도 못 먹고, 그 또한 먹은 지가 네 시간여 지났으니 배가 고프다. 체중조절을 이유로 밤참만 먹자면 '웬수' 혹은 '마귀' 라고 눈을 부라리는 남편 앞에, 보기만 해도 침이 꼴깍 넘어가는 냉이국 한 그릇을 들고 갔다. 무던히 인정 넘치는 주변머리라 남편이 뺏어 먹을 것까지 미리 챙긴 것이다.

작은 쟁반에 국그릇을 받쳐 들고 침대에 앉아 국을 먹는다. 부러 남편의 후각과 청각을 자극하기 위해 "크하!" 소리를 연발하면서……

"정말 시원하고 맛있다. 내가 끓였지만 맛이 어찌 이러코롬 환상적일까?"

국 대접을 남편의 코 밑에 갖다 대보고 바람을 후후 불어 냄새도 날려보건만 달라는 소리를 안 한다. 절반쯤 먹었을 때 배는 이미 냉이 된장국으로 꽉 차 있는데 끝내 달라고 애원을 안 하는 남편. 오기로 마지막 국물 한 모금까지 다 마셨다. 국그릇을 씻어놓고 눕는데 된장 국물이 거꾸로 넘어올 지경이다.

"안 먹고 싶었어?"

"먹고 싶었지."

"근디 와 달라고 안 했는데?"

"내가 달라고 하면 당신 주면서도 깐죽거릴 게 뻔해서 안 했다, 왜?"

"우이쒸! 사실은 당신 몫까지 퍼 왔는데 나 곯리려는 의도가 보이기에 혼자 다 먹고 배불러 죽겠잖아."

그렇게 반항을 하더니만 잠결에 들으니 냄비뚜껑 열리는 소리가 들린다. 저리 청승맞게 혼자 먹느니 나 같음 치사해도 달라고 했겠다.

바로 그 시간, 친구네 김씨 아저씨. 시계추가 자정을 향해 숨 가쁘게 달리는 시각. 그때사 귀가한 남자가 배짱 좋게 마누라에게 국수를 끓이라고 명령을 내리더라나? 그날따라 몸이 아팠던 친구는 도저히 국수를 끓일 수 없는 상태인데다가, 생각하니 김씨 아저씨가 괘씸죄에 해당이 되더란다. 부탁을 해도 될까 말까인데 명령을 내리니 괘씸도 한참 괘씸이다. 마누라가 끝내 국수 끓이기를 거부하자 김씨 아저씨는 그 밤 가출하여 외박을 하였단다.

진상조사를 해보자면 "나 집 나갈겨!" 하고 김씨 아저씨가 볼멘소리로 통보를 했다. 이 친구 잠결에 "니 맘대로 하세요." 하고는 계속 주무셨고 아침에 보니 남편이 없더라나? 새벽에 문 열고 들어오는 남편을 향해 어디서 잤느냐고 물어보니 차 안에서 주무셨단다. 그 차로 말하자면 의자에 보일러가 들어오고 텔레비전까지 구비가 되어 있다. 한겨울에도 차만 있으면 무섭지 않은 김씨 아저씨는 언제든지 국수를 끓여준다는 각서를 쓰라고 했다나? 그러지 않으면 계속 나가서 잔다고 협박을 하더란다. 그래봤자 마누라가 눈 하나 까딱하지 않을 것은 본인이 더 잘 알고 있을 터이다.

이른 아침에 주섬주섬 이야기보따리를 풀다보니, 지난밤 두 김씨 아저씨들의 반항이 기가 막힌다. 눈빛만 보아도 마누라에게 얼마나 시달리고 사는지 느낌이 팍팍 오는지라 눈물이 앞을 가려 서로의 얼굴을 마주할 수가 없다던 김씨 아저씨들. 서러움에 시달려 눈물이 앞을 가리는 인생이라지만 반항을 하려면 제대로 된 반항 좀 하셨으면 좋으련만……

나도 여자다

시를 쓰는 친구가 요즘 유행처럼 하는 수술을 받았다. '유행처럼?'이라 해서 성형수술이라고 짐작했다면 그건 헛다리다. 처음엔 말하기가 민망한 부분의 수술을 받는다며 절대 비밀을 요구했다. 증세가 상당히 심각했던지 다른 사람에 비해 잘라낸 부분도 많고 통증 역시 엄청 심했나 보다. 무통주사를 맞으며 진통제를 따로 맞아도 통증이 가라앉질 않는다면서 수술을 받은 날부터 징징거리며 전화로 하소연을 해댔다.

문병을 가겠다고 말하니 질색을 하며 목하 벗은 하체이며 반듯이 누우면 쏟아지는 통증이 몰려와 기마 자세로 엎드려 있단다. 일주일 만인가 퇴원을 했다가 수그러들 줄 모르는 통증에 몇 밤을 꼬박 새우며 차라리 죽기를 소원했다나? 결국 재입원을 하는 소동까지 벌어지고 말았다. 하여튼 친구는 치질수술을 하고 보름 동안 입원을 하였다.

처음엔 부위를 거론하기가 스스로도 민망한지 '거시기'라고 했다. 말하기가 편안해지니 명칭이 점점 변했다. 그럼 여기서 친구에게서 나온 그 명칭의 변천사를 짚어보자. 수술 전에는 '거시기'라는 표현을 썼다. 수술한 다음날은 '항문'이라는 전문용어를 붙이더니 셋째 날은 '똥꼬'라는 조금은 귀여운 용어를 불러 왔다. 급기야는 '똥구멍'이라는 단어를 거침없이 쏟아냈다.

위로 전화를 걸었다가 마지막의 표현이 다소 민망하여 점잖게 꾸짖었다.

"명색이 작가라는 인간이 똥구멍이 뭐냐? 문학적으로 똥구녕이라고 해야지."

"아녀. 똥구멍은 표준말이고 똥구녕은 사투리란 말여."

곁에 있던 친구의 마누라가 어이없어 하며 제 남편이나 그 친구나 피차일반이라나? 친구의 마눌은 중학교 국어 선생님으로 논술시범학교 담당까지 맡고 있는데 수준 없이 노는 우리의 대화에 기막혀 할 만도 하다.

딱, 그 선에서 끝났다면 추락할 대로 추락한 내 친구를 비방하는 글을 쓰진 않았을 것이다. 급한 일이 있어 새벽 한 시가 넘어 통화를 하게 되었다. 속을 많이 끓이며 잠도 못 자고 소화불량에까지 걸린 나를 위로하겠다며 친구가 털어놓은 고백 앞에서 웃음 아닌 눈물을 짜냈다.

"있잖여, 좌욕을 하는디 알 땜에 죽겠당게."

"알? 갸가 왜?"

"따끈한 물에 똥꼬를 담그고 있으면 첨엔 상처 부위가 겁나게 시원한디, 쬐끔 지나면 윗 부분이 쓰려. 왜 그런가 하고 보면 알이 뜨거운

데서 처질 대로 처져서 상처의 절반을 덮어 버린당게."

들는 사람만 민망하지 말하는 상대방은 심각하기만 하니, 민망을 드러내기도 뭐하여 태연과 평정을 가장하고 대꾸를 했다.

"그럼 손으로 갸를 잡고 있음 되잖여."

"그렇게 하제. 근디 쑤시던 똥꼬가 시원해지면 잠을 지대로 못 자던 판이라 나도 모르게 졸음이 온 당게. 그럼 손이 풀리고 갸가 다시 상처를 덮어버려. 글먼 쓰라려서 잠이 퍼뜩 깨부러."

"글먼 마눌더러 잡고 있으라고 해."

"한 번 잡고 있으라고 했다가 별 짓을 다 시킨다고 혼났어. 난 진짜 힘든디 말여."

"글먼 테이프로 붙여놓든가."

"안 그려도 한번 그리 했다가 죽는 줄 알았고만."

"와? 테이프로 붙이면 갸가 아프다고 혀?"

"병원에서 쓰던 면 반창고를 붙이고는 좌욕을 했지. 다음에 드라이로 상처를 말렸거든. 갸가 밑으로 안 처진 게 상처자리를 제대로 치료할 수 있어서 좋았지. 담날 아침에 뗄랑게 살에 얼마나 딱 붙었는지 떨어지딜 않는 거여. 그 부분이 살도 연하잖여. 하도 아프길래 마누라더러 좀 떼어달라고 했더니 순간에 확 잡아 뜯어버리잖여, 워미~! 시상에 눈에서 불이 번쩍허고, 털이 다 뽑혀버렸쓰야."

새벽 두 시, 남의 남자와 통화를 하다가 눈물을 질금대며 웃었다.

"어이~! 친구!! 내가 아무리 성적인 매력이 없기로서니 나, 이래 뵈도 분명 여자다. 근디 어떻게 그런 이야기를 그리 흔연스레 할 수 있냐?"

항의를 하는데도 이 친구 목소리 하나 안 변하고, 옆에서 듣고 있던 각시는 두 저질이 또 시작이라며 다른 방으로 가버렸단다. 제발 부탁이니 엔간히 좀 하라고 친구에게 소리를 지르는데 남편이 나를 타일렀다.

"얼마나 아프면 그러겠어? 구박하지 말고 잘 들어줘라."

으이그! 이 상황을 남편에게 어찌 다 설명할꼬?

나의 몸값

억수로 비가 내리는 날이다. 친구가 집 앞에 왔다며 호출을 한다. 정읍을 가야 하는데 무조건 동행을 하라고 협박이다. 내리는 비로 인해 가뜩이나 내려앉은 마음을 끌어안고, 종일 전신을 타고 노는 통증으로 몸부림을 치던 끝이라 흔쾌히 따라 나선다.

목적지에 도착해 친구가 볼일을 보는 동안 차 지붕을 때리는 빗소리를 듣다가 심심함에 다른 친구에게 문자를 찍어 보낸다.

'나 지금 J에게 납치당해 있다. 몸값이 없어서 못 풀려난다.'

잠시 후 날아온 답장.

'다른 사람이라면 몰라도 J에게 납치당했다면 그 몸값을 감당할 자신이 없음.'

요는 J라면 내 제일 친한 친구이니 몸값을 당연히 비싸게 부를 게 뻔해 차라리 협상을 안 하겠다는 투다. 상당한 오판인 거 같아 전화를 누른다.

"나, J에게 그렇게 비싼 물건 아니다. 3만 원이나 쳐줄랑가? 며칠 전에 지갑을 안 가지고 나갔을 때 LPG 충전하느라 3만 원 빌린 게 있거든."

상대방은 아무리 그래도 설마 그러겠느냐며 믿지를 않는다.

J는 볼일을 마치고 함초롬히 비에 젖어 차 안으로 돌아왔다. 저는 비 맞고 일하는데, 앞 유리 쪽에 발 올리고 놀고 있는 내 폼이 몹시 기분 나쁘다며 웃는다. 돌아오는 길엔 비가 아까보다 더 드세게 내린다. 심각하고 은근한, 그러면서도 달짝지근한 목소리로 J에게 물어보았다.

"야! 네가 나를 어떤 사정이 있어 납치했다면, 내 몸값으로 얼마를 요구할래?"

빗길 운전을 하느라 앞만 보던 J의 표정이 심하게 일그러진다.

"응? 말해봐! 3만 원? 아니 2천 원?"

"야! 너를 치우려면 돈을 도대체 얼마를 얹어주면 되냐? 2천 원 얹어서 내놓으면 가져가는 사람이 너무 기분 나쁠 것이고, 큰돈을 묶어서 내놓으면 보나 안 보나 돈만 떼어 갈 것이고……."

순간 1톤 이상의 파워를 지닌 해머로 뒷머리를 얻어맞은 것 같은 충격이 뇌에 전달된다.

웃다보니 되돌아 보이는 이야기 한 토막이 또 생각난다. 몇 년 전이었더라? 모텔이나 여자화장실에 설치된 '몰카'라는 게 세상을 시끄럽게 한 적이 있었다. 그 무렵에 나는 겨울 목욕을 하려면 남편과 깨끗한 모텔을 찾았다. 수술 후 대중목욕탕에서 의식을 놓치는 바람에 익사할 뻔했던 일을 겪고 나서부터였다. 확실한 보호자가 동행하지 않는 한, 마눌 혼자 목욕탕에 보낼 수 없어 남편이 택한 방법이었다.

모텔에도 몰카가 설치되었다는 얘기를 들으며 문득 걱정스러운 생각이 머리를 스쳤다. 만약 우리 부부가 몰카에 잡힌다면? 깐에는 제법 심각한 마음으로 J에게 얘기를 꺼냈는데 나를 보는 J는 무던히 황당하다는 표정이었다. 그러더니 아주 조심스럽고 간단하게 사건을 종료해버렸다.

"참나! 그 사람들은 양심이 없지, 눈도 없는 줄 아냐? 상품 가치라곤 손톱만큼도 없는 너를 찍어서 시장에 내놓아봐라. 당장에 망하고 말 거다."

상상도 못한 말에 나는 멍하니 그녀의 얼굴만 바라보았다. J는 말을 꺼내놓고 행여 기분 나빠 할까봐 조심스럽게 내 얼굴을 살폈다. 잠시 후에야 그녀의 말에 수긍이 가고 마음이 놓였다. 너무 기가 막히는 J의 말에 웃다가 복통이 일어날 정도였다. 내 웃음을 확인한 뒤에야 J의 웃음보따리가 터졌다.

J에게 내 몸값은 그런 가치다. 억수로 내리는 빗길, 그나마 이미 어둠이 내린 길을 운전하며 J는 집 앞에 다 오도록 웃음을 끝낼 줄을 모른다.

"에라, 이 나쁜 지지배야! 나 죽으면 너 무슨 재미로 살래?"

가방으로 머리를 때리며 한마디 던진다.

"그 다음날로 너 따라가야지. 너 놀려먹는 재미 빼면 내가 뭔 재미로 이 땅에서 살아가냐?"

참으로 징한 친구다. 죽은 다음에는 좀 편할 줄 알았더니, 죽은 다음날 부로 쫓아온다니…… 그럴 바에야 차라리 살아 숨 쉬며 부대끼는 게 낫겠다. 이걸 친구라고 믿고 살아가야 하는 나의 인생이 한없이 불쌍하다.

남의 다리 긁기

늦깎이 공부를 시작한 친구에게 아이디를 만들고 이메일을 등록해줬다. 그런데 저희 집에 가서 해보려니 로그인이 안 된다며 짜증을 냈다. 시도 때도 없이 우리 집 대문을 벌컥 열어젖히며 뭘 어떻게 잘못했기에 안 되냐며 오만상을 다 찌푸리곤 했다. 성질대로 하지 말고 천천히 다시 해보라고 권해보았지만 여전히 안 된단다. 아무리 해봐도 아이디나 비밀번호가 틀렸다는 안내창만 뜬다는 말에 우리 집에서 친구 아이디며, 비밀번호로 로그인을 해보았다. 허무하게 이뤄지는 접속이라니…….

결국 화창한 봄날에 나는 납치를 당했다. 이른바 저희 집에 와서 날더러 직접 해보라는 것이다. 그리고 나의 중대한 실수가 무엇인지를 깨닫고 바로 잡으라는 것이다. 친구의 아들이 해보았는데도 안 되었다는 말에 뭔가 단단히 잘못되었음을 감지하는데 그것이 무엇인지 감을 잡을 수 없었다. 친구 집으로 통하는 엘리베이터를 타려는 순간, 생각 하나가 번개처럼 머리를 스치고 지나갔다.

집에 들어서자 곧바로 부팅을 시작했다. 인터넷을 클릭하니 초기화면은 N으로 시작하는 사이트였다. 그녀에게 만들어준 이메일 주소는 N메일이 아닌 H메일이었다. 뭐가 뭔지 구분을 못하는 그녀! 등록도 안 한 N사이트에다 열심히 H사이트의 아이디와 비번을 쳐넣었으니 로그인이 안 되는 것은 당연지사다.

어이구! 그럼 그렇지……. 그동안 안 된다며 내게 부렸던 친구의 투정이 얄미워 사정없이 머리를 쥐어박았다.

"이 바보야! 1104호가 너그 집이지? 근데 너는 1103호에 가서 왜 밥 안 주냐고 승질내고 따지는 거랑 똑같다."

영락없이 남의 다리 긁어놓고 왜 시원하지 않느냐고 따지는 꼴이다. 주제에 그래도 컴퓨터만 배우면 내 글방에 와서 딴지를 부리겠노라 큰소리를 치는데, 글쎄……. 그게 도대체 어느 날이 될지 예측할 수 없다.

내가 미친 것은 남편의 부재 탓이다

1년 전, 인도 배낭여행을 다녀온 철수 씨가 여름을 넘기고 가을을 맞으며 슬슬 병이 도지는 게 보인다. 이른바 배낭을 메고 국외로 탈출을 하고 싶은 것이다. 그리하여 2009년 12월 27일 아들과 메누리 그리고 마누라의 전송을 받으며 철수 씨는 31박 32일 일정으로 지중해(이집트, 그리스, 터키) 배낭여행 길에 올랐다.

남편이 부재중임이 주변에 드러난 어느 날, 그 어느 날. 밤 열 시를 꼴까닥 넘겨 때 없이 핸드폰이 울린다. 혹 철수 씬가 싶어 득달같이 받고 보니 얼러? 명백한 외간남자다. 요즘 밤이면 밤마다 겁나게 외로운 시간을 보내고 있으니 그대 있음에 나를 불러 이 심심함을 해결하라고 농담 반 진담 반으로 말을 건넸던 친구다.

"이것이 뭔 일이여?"

"세미나에 왔다가 술 한 잔 하고 바닷가를 걷다가 골키퍼 없다는 말이 생각나서 한번 눌러봤다."

"그랴? 하튼 잘한 일이여."

이런저런 잡소리를 나누다가 내가 문득 묘한 제안을 던졌다.

"내가 노래 불러주리?"

"엉? 노래를 불러준다꼬? 함 해봐바바."

그리하여 나는 밤 열한 시가 가까운 시각에 전화통을 붙잡고 노래를 부르기 시작했다. 행여 쉬어터진 목소리가 나올까봐 큼큼 목을 가다듬고……. 노래에 감정을 실으려면 얼굴이나 몸에 그 감정이 담겨야 하는 것은 필연이다. 그래서 침대에 발랑 자빠져 내복 차림으로 눈을 지그시 감고 몸을 비비 꼬아가며 온갖 폼을 다 잡으며 송창식 씨의 「철지난 바닷가」를 불렀다.

딸집에서 겨울을 나며 시도 때도 없이 딸년을 감시하는 친정엄마가 벽 하나 건넌방에서 주무시고 계셨다. 행여 목소리가 새어나가, 야심한 밤에 몸을 비비 꼬며 금방 숨이 넘어갈 것 같은 목소리로, 외간 남자에게 노래를 부르는 해괴한 모습을 엄마에게 들킬까봐 이불을 머리 꼭대기까지 뒤집어쓰고 불렀다. 자기도취에 빠져 무아지경 상태에서 노래를 부르고 있는데 친구가 감히 나의 노래를 잘라내며 한마디 던졌다.

"고마운데 나 손 시려서 전화 못하겠다. 근디 이게 뭔 노래냐?"

"이런 무식~! 송창식 씨가 불렀던 「철지난 바닷가」라는 노래다."

"우웅~! 그래? 그만 끊자." 하고는 인정사정없이 전화를 끊어버렸다.

이룬~! 나쁜 넘! 골키퍼 없다고 잠도 없는 줄 아나? 남의 잠은 왜 깨워놓고 난리야? 그래도 내가 노래까지 불러줬으니 이 친구가 감격하여 근사한 밥 한 끼 정도는 사겠지? 그러곤 곧바로 갔다. 잠을 자야 꿈속에서 지중해에 있는 철수 씨를 만날 수 있고, 잠을 나고 일어나야 친구의 밥 사겠다는 제의를 받으니까.

날은 밝았고 친구는 귀향을 했다. 식사 시간이 얼마 남지 않은 시각에 간밤에 나로 하여금 미친 짓을 하게 맹근 친구에게 전화가 걸려왔다.

'아흐~! 나 오늘 저녁 뭐 먹냐?' 하는 기대를 품고 휴대폰을 열었다.

잘 다녀왔다는 안부를 건네고는 이 친구가 대뜸 하시는 말씀.

"신랑 없다고 너무 싸돌아 댕기지 말고 몸 단속 마음 단속 잘하고, 엄마에게도 틱틱거리지 말고 좀 잘해라."

잉? 이런 멘트가 아니어야 하는디? 야가 시방 내 평생에 안 하던 미친 짓을 했는데 감동을 안 먹은겨? 그 분위기에, 그 노래를, 그 시간에, 내가 불러줬으면 뿅 가야 하는 거 아녀?

"너 말여. 내가 지난밤 노래 불러준 거 기억하냐?"

"어."

"그기 뭔 노래였는지는 아나?"

"몰라. 잘 들리지도 않더만."

"근디 가사 좋다는 말은 왜 했는데?"

"부르겠다고 나선 사람 민망할까봐 그냥 해본 소리다."

으악~! 이런 된장. 이건 순전히 2009년 12월 27일부터 한 달 동안 집을 비운 철수 씨 탓이다.

망할 쌀통

웬수가 책을 거저 준다고 해도 받으러 오지 않는다. 읽은 사람들의 소감을 전해 듣고 슬며시 궁금증이 일었던 것일까? 마술(?)에 걸린 날이라 컨디션이 바닥을 치는데 호출을 한다. 밤 시간에 불러대는 걸 보면 기분이든 뭐든 도우미가 필요하지 싶다. 가는 길에 친구 몫의 책을 착실히 챙겨 들었다.

벨을 눌렀더니 인터폰 넘어 들리는 싸가지 없는 말투 좀 봐라.

"야! 너 뭣 할라고 왔냐? 응?? 왜 왔어~~~??"

말없이 집엘 들어서며 가지고 갔던 책을 툭 던져주었다. 책장을 넘기던 그녀, 아주 기분 나쁘다는 식으로 눈을 흘기더니 가관인 말씀을 던진다.

"너! 왜 내 책에다 구질구질하게 낙서를 하고 난리여?"

어구! 내가 못산다. '내 친구 **에게 사랑하는 친구 영희가'라는 멘트의 사인을 보고 딴지를 거는 것이다. 저걸 그냥!!

책에 낙서했다는 구박을 받다가 해결할 일이 있어 화장실엘 갔다. 버려야 할 물건이 있는데 화장실 휴지통이 안 보여 결국은 들고 나와 친구의 손에 그걸 건넨다.

"도무지 휴지통이 안 보인다. 너그 집서 발생한 쓰레기니까 네가 갖다버려."

친구는 가뜩이나 큰 눈을 더 크게 치뜨며 저를 따라오란다. 부엌 한쪽 구석을 가리키며 휴지통의 번지수를 알려준다.

친구의 손끝 따라 다가간 휴지통에 쓰레기를 버린 그 순간 처절한 비명이 들려왔다.

"으악~~!"

순간, 더 놀란 건 나다. 기겁을 하고 휴지통에 손을 넣어 방금 버린 쓰레기를 주워 낸다. 예나 지금이나 쓰레기통 속에는 쌀이 들어 있었다.

"미안해! 아고! 정말 미안해!"

버린 쓰레기가 그냥 휴지조각도 아니고 여성동지들만 사용하는 물건인지라 비명을 지르는 친구나 기겁을 하며 미안해하는 나나 서로 생각하는 마음은 같다.

"너 도대체 눈이 이상한 거냐? 아님 머리가 이상한 거냐? 봐라~~! 여기서 똑바로 보이는 것이 뭐냐?"

부엌 입구에서 친구가 가리키는 정면에 보이는 건 종량제 쓰레기봉투. 그리고 그 맞은편 숨겨진 곳에 문제의 쓰레기통, 아니 쌀통이 있다. 허리도 못 펴고 웃다보니 뱃가죽이 당겨서 숨쉬기도 어렵다. 지는 바닥에 두 다리를 뻗대고 웃다가 아예 벌렁 자빠져 웃으니 편할 것이다. 겨우겨우 다리를 움직여 식탁 의자에 몸을 앉힌다.

헉! 헉! 웃음 때문에 숨을 제대로 못 쉬니 기도에 경련이 인다. 이러다가 기도유착이 일어났던 경험이 있건만 친구라는 작자는 겨우 냉수 한 그릇 건네주며 나 때문에 못살겠다고 난리도 아니다. 웃음 약이 좋긴 좋은 건가? 조금 전까지 깊은 물속에 가라앉은 것 같던 몸과 마음에 시원한 바람이 불어온다. 문제는 너무 웃었더니 어지럼증이 생긴다.

차 옆까지 배웅을 나와서도 쌀을 다 갖다버려야겠다고 여전히 난리를 떤다.

"에이~~쉬! 요즘도 집안에 일만 치르고 나면 쌀통에 쓰레기가 수북하당게. 왜들 그러나 몰라."

왜긴 왜여? 쓰레기통을 쌀통으로 사용하고 있으니 전 국민이 헷갈리는 것은 당연하지. 십리 밖에서 보아도 분명한 쓰레기통을 어쩌자고 쌀통으로 사용해서 우리를 피곤하게 하는지 몰라. 망할 쌀통, 아니 쓰레기통.

무식이 죄

느긋한 토요일을 보내며 웬수랑 옥정호 주변으로 드라이브를 나갔었어. 운암대교 부근에 언제부턴지 하나둘씩 그림 같은 집이 늘어나는데, 그곳에 집을 한 채 짓고 싶은 게 요즘 웬수의 꿈이거든. 근처 집들을 기웃거리는데 전망이 기가 막히게 좋은 곳에, 넓은 터를 잡고 지어진 집이 시선을 끌더라. 그런데 그 집이 아무리 봐도 빈집인 거 같더라고. 웬수에게 말했지, 들어가 보자고…….

대문도 없이 담만 처져 있는 집 마당을 들어서보니 풀이 수북이 자라 있어 빈집임을 한눈에 눈치 챌 수 있겠더라고. 휘 둘러보니 터가 굉장히 넓고 그 울안에 집이 네 채나 있는 거야. 물론 전부 빈집이었어. 그중 제일 큰 집을 향해 우린 차를 몰았어. 개집도, 창고도 제법 근사하고 크게 만들어져 있는데 그 좋은 집들엔 사람이 없었어.

집을 구경하러 웬수는 앞 쪽으로, 나는 뒤쪽으로 걸음을 옮겼어. 부도라도 났던 걸까? 대지며 모든 건평을 합하면 몇 십 억은 족히 넘을 집이 버려져 있다니? 둘레둘레 집을 살피는데 어라? 뒷문이 삐죽 열려 있는 거야. 가만히 밀어봤더니 문이 스르르 열리더라. 고개를 넣고 집을 둘러보는데 마룻바닥에 핀 곰팡이가 사람 훈짐이 끊긴 지 오래임을 짐작케 하더라. 발을 안으로 집어넣었어. 한 발, 두 발, 세 발, 네 발⋯⋯. 꽤 값이 나가는 주방기구가 세트로 맞추어져 있고, 유럽풍 거실의 넓은 창은 옥정호를 다 담아내고 있었어.

"앵~ 앵~ 앵~ 앵~"

갑자기 경보음이 울리기 시작했어.

'잉? 저게 있었네? 시끄러웅게 그만 나가야겠다. 내가 나가면 꺼지겠지, 뭐어~.'

별 생각 없이 문을 닫고 밖으로 나왔지. 경보음은 여전히 침입자에게 경고를 보내는데 정작 침입자는 느긋하기만 했어. 차가 있는 곳을 향해 발을 옮기는데 웬수의 화가 난 얼굴이 거기 있더라.

"야~! 너 뭣 손댔냐?"

"아무것도 손댄 건 없고 문이 열려져 있길래 들어가 봤다, 왜?"

"빨리 타."

"왜 그러는디?"

"빨리 도망가야 한단 말이야."

내가 차에 오르자마자 웬수는 쏜살같이 차를 몰아 도주를 시작하는 거야.

"야이~! 지지배야. 뭔 잘못을 한 것도 아닌데 왜 이리 꽁지 빠지게 도망을 해?"

"어후~! 이 띨띨아!! 남의 집을 말도 없이 들어갔으니 주택 무단침입으로 그 자체가 범죄다. 이런 집은 무인경비시스템이 당연히 설치되었을 거고 경보음이 울리면 5분 이내에 출동한단 말여. 그럼 우리잡혀가서 조사 받아야 한단 말이야."

"조사 받으면 사실대로 말하믄 되지. 집 구경 하러 들어갔었다고."

"내가 너 땜에 못살아. 그거야 네 말이고, 아닌 말로 뭘 덮어씌우기라도 하면 어쩔 건데? 보나마나 집 안에 들어선 네 얼굴이 CCTV에다 찍혀 있을 건데."

급하게 엑셀을 밟으며 여차하면 날 놓고 지 혼자 도망하려고 차에시동 걸고 있었다며 육하원칙에 근거하여 나의 범죄를 증명하며, 더더구나 CCTV에 얼굴까지 찍혀서 빼도 박도 못할 상황임을 설명하는데 이건 주눅 정도가 아니더라고.

"나중에 그 집에 뭔가가 없어졌다고 집 주인이 무인경비시스템 업체에 항의하면 너는 완전 피의자 신분이다."

드라이브의 맛이 떨어진 건 당연지사. 무식하고 띨띨하다며 웬수의나를 향한 구박은 끝날 줄을 모른다.

"내 분명히 말하는데 난 놀라서 인상 쓴 게 아니고, 경보음은 계속울리는데 천하태평으로 걸어 나오는 네 모습에, 속 터지고 짜증이 났었음을 분명히 해주라이~."

워쩔 것이여! 무식해서 범한 죄인디. 어느 날 나의 수다가 잠잠하거든 조사 받으러 간 줄 알라고.

보약과 독약

글 작업에 도움이라곤 한 톨도 안 되는 친구가, 내가 상을 받았다는 소식을 듣고 날마다 밥 한 끼 안 사냐고 사람을 들볶는다. 누가 들으면 저에게 밥 한 그릇 안 사준 걸로 알 것이다. 별 수 없이 자그마한 저수지 밑에, 핏빛 단풍잎이 있는 식당을 찾았다.

이 집은 묵은 시래기와 민물 새우를 넣어 끓인 메기 매운탕이 별미다. 탕 한 그릇이면 다른 반찬 없어도 될법하건만 곁들여 나오는 반찬들이 정갈하고 맛있는 것들로 상이 그득하다. 빼놓을 수 없는 메뉴라면 뚝배기에 지어 오는 밥인데, 눌어붙은 밥을 끓여 내오는 누룽지는 보기만 해도 침이 고인다.

얼추 밥을 먹자, 뚝배기에 뜨거운 물을 부어 누룽지를 끓여 내왔다. 동행한 친구로 말하자면 누룽지를 무지 좋아해서 집에서도 냄비에 밥을 눌리는 여자다. 그런데 이상하게 이 친구가 누룽지엔 손도 안 댄다. 쌀쌀한 날씨에 먹는 고소한 맛에 반해, 먹기를 권해도 싱긋싱긋 웃음만 흘린다.

"너나 많이 먹고 건강해져서 좋은 글 많이 써."

누룽지 한 그릇을 다 비우고 이제는 숭늉을 한 대접 따라 후후 불어가면서 마셨다.

"숭늉도 정말 고소하고 맛있다. 근데 넌 왜 안 먹는 거야?"

되물어도 헤실거리는 웃음만 흘리며 냉수를 따라 마신다. 볏짚을 섞어 지은 황토벽과 따뜻한 방바닥은 시골 구들장 기분을 내게 한다.

"창가로 비치는 햇살도 뜨겁지, 매운탕도 뜨겁지, 숭늉도 뜨겁지……."

여러모로 뜨겁다는 표현을 하자 불쑥 냉수를 내 앞에 내밀며 알 수 없는 말을 한다.

"야! 제발 속 시원하게 살아라."

커피를 뽑아오라고 시키니 공손한 자세로 커피를 뽑으러 간다. 다른 때 같으면 왜 꼭 저만 가야 하느냐고 불공평을 운운할 친구가 별일이다. 커피를 들고 오던 친구가 갑자기 웃음에 지쳐 방문턱을 못 넘는다. 의아해 하는 내게 커피 잔을 건네주고 제자리에 앉은 그녀, 점잖게 식탁 밑에서 접시 하나를 끄집어낸다. 아뿔싸!! 누룽지 속에서 건져 낸 파리가 아예 푹 고아진 모습으로 죽어 있다.

"잉? 그럼 내 여태 파리가 삶아진 누룽지며 숭늉을 먹었단 말이야? 그걸 알면서 다 먹도록 놔두고 너만 살겠다고 안 먹었단 말이지?"

치 떨리는 배신감이여! 어이가 없어 웃음도 안 나오는데 이 친구 왈, 나를 떠주고 제가 먹으려고 뜨다 보니 파리의 사체가 떠지더란다. 나를 보니 누룽지 맛에 도취하여 이미 절반 넘어 먹어버린 상태더란다. 말을 해야 하나, 말아야 하나 고민하다 이왕 입 댄 거 맛있게나 먹으라고 내버려두었단다.

"그럼 최소한 숭늉은 못 먹게 했어야지?"

눈을 치뜨며 말하는 내게 숭늉을 말리면 사연을 말해야 되는지라 어쩔 수 없이 냉수를 권하지 않았냐고 오히려 큰소리다. 어쩐지 그녀가 냉수를 권할 때 뭔가 표정이 묘함을 눈치 챘었다. 뭐? 무덤까지 비밀로 가지고 가려고 했다고? 다 먹여놓고 파리 사체를 보이며 떠벌리며 눈물을 찍어대면서 웃는 자리가 그녀의 무덤이란 말이여?

찜찜함에 웃지도 못하고 멍하니 쳐다보며 인상을 쓰는 내 모습에 저도 조금은 당황했나보다.

"너 한 국자 마셔. 이 나쁜 지지배야!"

"나 마셔야 돼?"

"그래. 마셔!"

순간, 그녀는 숭늉을 국자로 퍼서 한 모금 꿀꺽 마신다. 그 모습을 보고 나도 모르게 나온 말이 더 황당하다.

"이제 조금 위로가 되는고만."

이 친구 며칠이 지난 오늘까지 나를 닦달하며 큰소리를 친다.

"너는 모르고 맛있게나 먹어서 보약이지만, 알고 먹는 나는 완전 독약이었다. 얼마나 표독스럽게 먹으라고 소리를 질렀으면 엉겁결에 그걸 먹었겠냐?"

먹으란다고 진짜 홀라당 먹을 줄 생각이나 했남? 밥 값 나가고, 말 한마디 잘못하여 인간성 더럽다는 말 듣고⋯⋯. 에헤라! 이래저래 뒤로 넘어져 작은 코가 깨진 날이다.

불구경 좀 하겠다고

한참 자고 있던 깊은 밤. 멀리서 불자동차 소리가 들려오더니 친구네 집 근처에서 왱왱거리더란다. 한두 대를 넘어 무더기로 소방차가 몰려왔다는 직감으로, 친구는 깊은 잠의 터널을 빠져나와 베란다로 나섰다.

어머나!! 아파트 바로 곁에 위치한 병원 영안실 쪽에서 시커먼 연기가 꾸역꾸역 오르더니 순간 불길이 치솟더란다. 친구는 잽싼 걸음으로 방에 들어가 곤히 자고 있는 신랑을 흔들어 깨웠다.

"여보! 언능 일어나봐. 시방 **병원에 불 났당게."

며칠 후면 증축 중인 회사 건물의 준공예배를 앞둔 친구 신랑은 밤이면 피곤함에 인사불성으로 잠을 잔다고 했다. 인사불성인지 의식불명인지 어찌 확인하느냐고 묻는다면 확실한 답을 못한다. 왜?? 거야 같이 자본 적이 없고, 친구가 전하는 말만 들었으니까.

남편이 눈을 뜨는 걸 본 친구는 다시 베란다로 나와 이웃한 병원에 불 난 것을 말 그대로 강 건너 불구경하듯 구경하고 있었다. 어디선가 갑자기 "쿵!" 하는 소리가 들렸다. 가뜩이나 활활 타오르는 불길에 놀란 가슴인데 그때 들려온 굉음은 배짱 센 친구도 깜짝 놀라게 했다나?

다급히 베란다로 나오려던 신랑이, 닫혀 있는 유리창에 온몸을 세게 찧어버렸던 것이다. 친구가 있는 쪽으로 나오면 열려진 문이건만, 불구경을 한 발이라도 더 가까이 할 수 있는 쪽 문으로 나오려는 의도였지 싶다.

"아이고~! 무릎이야. 아고! 아퍼!!"

잠결에 급하게 나오다 이중으로 된 두꺼운 유리창하고 정면충돌을 했으니 무던히 아팠으련만, 아픔을 호소하면서도 불구경을 위해 절뚝거리며 베란다로 나오더라는 것이다.

"츠암나~! 열어놓은 문 놔두고 뭐 한다고 닫힌 문을 뚫고 나오려고 했다요?"

친구가 면박을 주어도 불구경에 심취한 그녀의 남편은 그동안만은 묵묵부답이었다. 그런데 의외로 화재 진압이 조속히 이루어져 잠시 구경한 바로 뒤 불이 꺼져버렸다나? 다시 방으로 들어가며 친구의 남편은 마누라에게 오만짜증을 다 냈단다.

"곤히 자는 사람을 불구경하라고 깨워놓고, 무릎 다치게 하고, 우이~쒸!!"

아침에 일어나니 무릎이 아팠던 모양이다.

"으악~! 무릎이 아파서 도저히 못 일어나겠다."

하여 파스를 붙여주고 어쩌고저쩌고 하는데 여전히 다치게 한 주범이 마눌이라고 우기더란다. 요즘 회사일로 스트레스를 많이 받는 터이니 기회 되었을 때 투정 실컷 하시라고 그냥 들어주는데 신랑은 여전히 절뚝거리며 아프다는 시위를 해대더란다. 한참 엄살을 부리는 남자, 이야기에 빠져서 절뚝이는 걸음으로 걸어야 함을 깜빡 잊고 말았다.

"암시랑토 안 허고 잘만 걷는고만."

때를 놓칠 리 없는 친구가 멀쩡한 다리임을 지적하자,

"그래도 아프단 말여!"

하고 소리를 꽥 지르더란다.

"야! 불구경 좀 하겠다고 집안이 울리도록 유리창을 들이받아 놓고도, 아픈 무릎 싸매고 절뚝거리며 나오는디 가관이더라."

숨이 껄떡 넘어가도록 웃으며 얘기할 때는 좋았지. 오밤중에 자다 말고 불구경 좀 해보겠다고 닫힌 유리창을 들이받은 저그 신랑 이야기가 온 천하에 이렇게 공개될 줄은 몰랐을 걸?

뺨 맞던 날

내 평생에 두 번 뺨을 맞은 기억이 있다. 한번은 국민학교 3학년 때, 이해할 수 없는 담임선생님이다. 번호를 부르면 그 즉시 대답을 해야 하는데, 내 짝지 머스마가 무슨 말인가를 시키는 바람에 대답이 한 박자 늦었었다. 불려나간 즉시 나는 뺨을 맞았다. 그때의 충격과 상처는 여고시절에 그 선생님이 사고로 깁스와 목발을 짚은 모습을 보며 통쾌함을 느낄 정도로 깊었다. 덕분에 교사인 남편에게 스승의 말 한 마디, 행동 하나가 사람의 평생을 어떻게 지배하는지에 대해 잔소리를 하는 바이다.

두 번째는 천하의 천사표로 알려진 남편에게다. 연애시절, 남자는 지독하게 제멋대로인 철부지 애인에게 뭔가 조금 떫은 얘기를 했던 적이 있었다. 나는 그걸 용납할 수 없어 뒤돌아서 가는 사람을 향해,

"그만두면 될 거 아니에요?"

라고 개선장군처럼 쏘아붙였다. 어깨를 돌려 걸음을 옮기는 순간, 몸이 되돌려지며 하늘에서 별이 반짝이는 것을 보았다. 사실은 나 이렇게 맞고 산다. 두 번째 뺨을 맞은 것에 대해서는 폭력남편이라고 광고를 내며 웃기까지 한다. 심심하면 남편의 옆구리를 걷어차며 그때 맞은 후유증으로 류머티즘에 걸렸다며 시비를 걸어대는 심심풀이 땅콩으로 존재하는 사건이다.

세 번째 뺨을 얻어맞는 역사적인 사건이 터져버렸다. 친구 집에 갔다가 소파에 몸을 눕혔다. 간밤에 잠을 제대로 못 잔 탓인지 몸이 자꾸만 처졌다. 친구가 핫백을 배 위에 덮어줬다. 삼십 여분 동안 제법 깊은 잠을 잤다.

자고 일어난 끝에 쉬 맑은 정신이 돌아오질 않고 그저 멍한 상태가 이어졌다. 무언가 날아다니는 게 보이는데 손을 빼기도 귀찮아 꿈쩍도 않고 있는데 친구가 다가오며 말했다.

"야! 네 얼굴에 지금 모기 붙었다. 움직이지 마아~."

행여 움직이면 모기가 날아갈까 봐 눈도 깜박이지 않고, 고개도 움직이지 않은 상태로 있었다.

"찰싹!"

정신이 번쩍 들었다.

"이~~쉬! 아프잖아. 모기 좀 잡겠다고 뺨을 그리 세게 때리냐?"

그냥 하는 소리가 아니라 정신이 들고 보니 맞은 뺨이 얼얼했다. 맞아도 보통 펀치로 맞은 게 아니다. 뺨을 문지르며 어이없어하는데, 친구 꼬라지 좀 봐라. 허리를 들지도 못하고 웃다가 소파 아래로 굴러떨어지며 되레 난리다.

"야! 때리려고 하면 네가 몸을 뒤로 피할 줄 알았지. 그렇게 꿈쩍 않고 맞을 줄은 생각도 못했다. 이 바보야! 세상에 지 뺨 때린다고 하는데 꿈쩍 않고 맞는 등신이 어디 있냐?"

그저 모기를 잡아야 한다는 일념으로 버틴 시간이었는데……. 그렇다고 이 웬수가 모기를 잡았느냐 하면, 조준을 잘못하여 모기는 천장으로 날아가버렸다.

다음날, 친구는 전화를 걸어 또다시 통쾌함으로 간밤을 추억하는데, 내가 바보는 바보인가 보다. 뺨 얻어맞고 같이 때리진 못할망정 웃어 제키니 말이다. 곁에 있던 남편이 뺨 얻어맞은 주제에 그리도 즐겁냐며 이죽거린다.

쇼 하지 말란 말이야!

친구네 옆집에 옥이네가 살고 있었다. 잦은 부부싸움을 하는 집이었단다. 어느 날, 옥이아빠가 얼굴이 새파랗게 질려 친구네 대문을 두들기며 엄마를 부르더란다. 옥이엄마가 실신을 했으니 친구엄마더러 좀 와달라는 응급구조 요청이었다. 놀란 엄마가 허겁지겁 달려가는데 지는 왜 따라갔는지 알 수 없단다. 가서 보니 옥이엄마가 마루에 축 늘어진 채 눈을 감고 있었다. 엄마는 옥이아빠에게 빨리 구급차를 부르든 택시를 잡아오든 하라고 소리를 지르셨다. 그러곤 찬물을 떠다 옥이엄마 얼굴에 뿌리고 온몸을 주무르고 있는데 갑자기 옥이엄마가 눈을 번쩍 뜨더라나?

"잉? 실신한 거 아니었드나?"

"아지매요~! 저 인간이 내를 한 대 때리길래 버릇 고칠라꼬 내 일부러 쑈 했심더~."

엄마 따라 구경 갔던 친구 지지배는 이걸 보고 대단한 배움을 터득했던 모양이다.

친구의 신혼시절, 남편과 무슨 일인지 모르지만 부부싸움이 벌어졌다. 목소리를 높이며 싸움을 하던 친구 마음에 요참에 확실히 기선제압을 해야겠다는 생각이 들었다. 말을 하다 말고 일부러 서럽게 울었다.

'새 각시가 이리 서럽게 울면 지가 잘못했다고 빌며 달래주겠지?'

하지만 신랑은 달래주긴 고사하고 운다고 더 화를 냈다. 그래서 더 서럽게 소리를 질러대며 울었다. 그렇게 한참을 소리 높여 울다가 "컥 ~!" 소리를 지르며 그녀는 가만히 몸을 옆으로 뉘였다. 마치 울다가 기절한 것처럼……. 옥이엄마처럼…….

'내 실신했으니 인간이 놀라서 허겁지겁 난리도 아니겠지?'

확실히 기선제압을 할 수 있으리라는 생각에 회심의 미소까지 지었다.

그런데! 신랑이 실신한 각시를 가만히 서서 바라보더니 놀라기는커녕 발로 툭툭 걷어찼다.

"야! 너 쑈 하는 거 내 다 안다. 그만 해라이~~! 칵!"

당황한 그녀! 엄청난 속도로 머리를 굴렸다. 그 순간 눈을 떠버린다면 평생 남편에게 책 잡혀 쥐여 살 것 같고, 눈을 그대로 감고 있자니 남편이 정말 화가 나버려 당장 쥐어 팰 것 같고……. 결국 그녀는 짧은 시간, 긴 고뇌를 마치고 눈을 발딱 뜨고 말았다. 그날 이후, 그녀는 지금껏 쥐여 산다던가? 옥이엄마에게 배웠던 산교육은 옥이아빠에게만 통하는 교육 방법이었던 것인데…….

불쌍한 그녀. 빙! 바붕! 나 같음 맞더라도 끝까지 눈 감고 기절한 척했을 거다.

양치 전용 수도꼭지

정신세계가 참 독특한 친구가 있다. 아이큐는 대단히 높은데 그 발상이 늘 기가 막혀, 친구의 말을 듣고 있다보면, 말도 안 됨을 뻔히 알면서도 그 말에 빠져들어 그만 떼 병신이 되어버리고 만다. 배꼽을 잡고 웃다보면 이미 바보가 되어버린 뒤이다. 어느 날, 친구는 뜬금없이 일본에 다녀온 이야기를 했다.

"학회가 있어서 1996년에 일본엘 갔었거든."

오사카의 뭔 대학에서 학회가 열렸는데, 한 방에 둘이 들어가는 호텔을 잡아주더란다. 저녁을 먹고 화장실 겸 목욕탕엘 들어가 양치를 하고 있는데 후배가 따라 들어와 같이 양치를 했다. 칫솔질을 마친 후 친구가 컵에 물을 받아 입을 헹구고 있는데 옆에 있던 후배가 감탄에 푹 젖은 목소리를 냈다.

"선배님! 일본은 확실히 우리보다 선진국인가 보네요. 양치 전용 수도꼭지도 있어요."

그래서 입을 헹구다 말고 후배를 바라보니 변기 아래에서 나오는 한 줄기 드센 물줄기에 입을 크게 벌리고 입 안을 헹구고 있더란다.

"겁나게 좋아요. 이빨 사이사이를 아주 씨원하게 헹궈주네요."

무릎을 꿇고 앉아 목을 빼어 조금만 앞으로 숙인 다음, 변기 옆에 설치된 버튼만 누르면 센 물줄기가 쏟아져 나와 입 안을 청소해주는 양치 전용 수도꼭지가 둘은 마냥 신기하기만 했다.

"야~! 비켜봐. 나도 한번 해보자."

"아따아~~. 선배님은 방금 양치 했응게 나나 하게 좀 놔둬요."

도무지 양보를 모르는 후배 때문에 친구는 그 신기한 양치 전용 수도꼭지 사용을 못해보고 자리에 누웠다.

잠을 자려고 폼을 잡았는데 좀 전에 본 물건이 다시 생각해봐도 신기하기만 했다. 궁금한 것이 해결되지 않으면 밥도 안 넘어가는 성격의 친구가 잠이 올 리 없다. 후배의 코고는 소리를 확인한 친구는 슬며시 이불 속에서 몸을 빼냈다. 그리고 화장실로 달려가 양치 전용 수도꼭지를 사용해봤다. 물이 나오는 곳을 잘 조준하여 입을 짝 벌리고 고개만 요리저리 돌리면 이빨 사이사이를 헹궈주는데 아주 속까지 개운해졌다.

다음날, 이동하기 위해 버스를 탔을 때 둘은 그 신기한 양치 전용 수도꼭지에 대해 말을 꺼냈다.

"야~! 늬들 양치 전용 수도꼭지 사용해봤냐?"

"그게 뭔디요? 우린 그런 거 없었는디?"

"너그들 방은 우리 방보다 후진 방이었나보다. 하튼 그런 것이 있는 디, 입을 겁나게 씨원하게 헹궈주더라."

그리하여 그날 밤, 일행들은 변기에 부착된 양치 전용 수도꼭지 앞에 무릎을 꿇고 입 안을 무지무지 시원하게 헹궈냈다.

세월은 기억을 좀먹으며 흘러간다. 일본에서 봤던 여러 가지를 머리에 담다보니 친구의 기억 속에서 양치 전용 수도꼭지는 잊혀가고 있었다. 3년이 지난 1999년이었다. 이번에는 서울에서 학회가 열려 참석했더니 괜찮은 호텔을 숙소로 잡아주더란다. 배정받은 방에 입실을 하고 화장실 문을 여니 일본서 봤던 양치 전용 수도꼭지가 설치되어 있었다.

3년 전 선진국에서 봤던 물건을 드디어 국내에서도 보게 되었다는 것에 친구는 신기함을 넘어 흥분이 될 지경인데 같이 방을 쓰게 된 후배는 별 관심을 보이지 않았다.

"야~! 너 저게 뭔 줄 아냐?"

"뭐긴 뭐예요. 비데지……."

일본어가 아닌 영어로 된 기계를 자세히 살펴보니 bidet라고 씌어 있는지라,

"얌마. 비데트이고만……." 하고 얼버무렸다.

"그게 그거죠."

후배가 대수롭지 않게 말하는 걸 보니 그 용도에 대해 아는 것도 같고 그도 아니면 전혀 모르는 무식쟁이일 거라는 생각이 들었다.

"너어~ 쩌것이 뭐하는 것인 줄 아냐?"

"츠암나~! 아, 응가하고 똥꼬 씻는 비데를 누가 모른다요?"

그 순간 친구는 둔탁한 무언가에 뒤통수를 얻어맞은 기분이 들었다.

　"그으래? 불과 몇 년 새에 용도가 바뀌어부렀네. 도대체 은제 용도가 바까졌을까?"

　혼잣말로 중얼거리는데 그 말을 알아들은 후배는,

　"바뀌긴 뭐가 바뀌어요? 원래부터 저것은 똥꼬 씻어내는 거였는디……."

　특이한 정신세계를 소유한 친구지만 비데를 양치 전용 수도꼭지로 알고 입 안을 헹구었다는 말은 아주 많이 창피해서 말을 할 수 없었단다. 한 집 사는 마누라에게도 지금까지 차마 말 하지 못하는 비밀이었다는데, 그 중요한 얘기를 내 귀에 들려준 의도가 뭐냐고?? 온 지구상에 떠벌려달라는 의도가 아니겠어?

어떤 바보

"어? 이 여자가 대체 누구지?"

얼마 전 휴대폰을 새로 바꾼 친구가, 제 휴대폰에 저장된 사진을 보며 대단히 뜨악한 목소리로 말한다. 사진을 찍은 날짜를 살펴보니 휴일, 것도 추석 연휴 중이다.

"누가 내 휴대폰으로 사진을 찍었나? 전혀 모르는 여자인데, 대체 누가, 누굴 찍었는지 모르겠네."

등산복 차림에 예쁘장한 아가씨의 사진이 한 장도 아니고 세 장이나 찍혀 있는데, 휴대폰의 주인은 그 여자가 누군지를 저언혀~~ 모르겠단다. 이렇게 딱할 노릇이 있나? 지 휴대폰에 저장된 사진의 주인공이 뉘신지를 모르겠다며 고개를 갸웃거리는데 듣는 옆 사람도 고개가 갸웃거려진다.

확대시켜가며 살펴보던 친구가 갑자기 탄성을 지른다.

"아! 우리 딸이네."

잉? 옆집 사는 아가씨도 아니고, 사촌 조카라든가 친척 누구도 아닌 저그 딸이라고라고라이? 근디 지 딸 얼굴을 지가 찍어놓고 누군지를 몰랐다고? 이 무신 황당 시추에이션이냐고?

"야! 우리 딸 인제 봉게 숙녀 다 됐다."

미쳐! 나는 두 아들 사진 보고, 요거이 첫째 녀석일까 둘째 녀석일까 헷갈린 적은 있지만 웬 남자냐고 한 적은 없다. 얼마 지나지 않아 이 친구, 치매병원에 격리 수용되는 건 아닌지 몰라.

얼레리 꼴레리

큰언니 집에서 열심히 자장면을 먹던 아들이 갑자기 울상이 되었어. 입 안 가득 물었던 자장면을 꾸역꾸역 내뱉으며 말했지.

"엄마!! 이빨 빠졌어요. 엉엉!!"

온 식구가 달라붙어 아들이 뱉어낸 자장면을 휘적거려 빠진 이빨을 찾았지. 모두들 배꼽 싸쥐며 웃느라 정신이 없는데, 녀석은 먹다 만 자장면에 눈물 글썽한 눈이 머물고 있더라. 입가엔 자장 자국이 시커멓게 말라붙어 있었어.

아들은 이빨 빠질 때나 되어서 그랬지. 내가 아는 좀 맹한 친구 하나는 연세가 쉰 줄에 걸렸는데 호박엿을 먹다보니 입 안이 좀 허전하더래. 아뿔싸! 몇 년 전에 해 넣은 금니가 호박엿 따라 빠져버렸다네. 고속도로 운전 중에 벌어진 사건이라 갓길에 차를 세워놓고는 호박엿에 붙은 금이빨을 찾았다나?

거기까지면 안 놀려먹지. 추석날 떡 먹고, 송편 먹고, 맛있는 거 혼자 바리바리 먹다보니 엿 먹다가 빠져서 새로 해 넣은 금니 쪽이 또 허전하더래. 아이구야!! 요참엔 떡에 붙은 것도 아니고 빠진 금니를 송편이랑 같이 삼켜버렸다네.

거금을 들인 금니를 꼴깍 해버린 거야. 친구는 어쩔 수 없이 또다시 치과를 가야 한다고 하는데 내가 말했지.

"응가 하러 갈 때 나무젓가락 들고 가."

입을 통과한 금니는 시간상 이미 아파트 정화조에 있을 거라나?

"얼레리 꼴레리~! 이빨 빠진 줄도 모르고 송편만 먹었대요."

혼자 웃기엔 너무 아까워 이름은 감추고 사건을 밝히는데, 친구! 요새는 이빨 안 먹니?

자업자득

친구가 몸보신을 시켜준다며 부득불 장어구이 집엘 데리고 갔다. 친구는 장어구이와 친분관계가 영 션찮은데도 나를 위해 고난(?)을 감수하겠다는 자세였다. 서로 즐겁게 먹을 수 있는 메뉴를 택하자고 해도 도무지 말을 들어먹질 않았다. 모처럼 인간답게 처신하는 웬수의 마음 씀이 갸륵하여 결국 장어구이 집에 자리를 잡았다.

내 눈에는 군침이 돌 정도로 맛있게 구워진 장어구이를, 친구는 인상을 찡그리며 못 볼 것을 본다는 눈으로 쳐다봤다. 저 자신을 위해서도 먹어야 한다는 투지를 불태우며 몇 점을 상추에 싸서 먹었다.

"왜 갑자기 수술이 당겨졌냐? 다음 주 내내 너 몸보신 시킬라고 작정을 하고 있었는디. 에이~! 참 속상하네."

평소하고는 다른 친구의 말투며 멘트에 적응이 안 되는 것은 당연한 일이다.

"야! 평소 하던 대로 혀. 닭살 돋게 왜 이래?"

콧등이 시큰해지려는 걸 억누르며 소리를 버럭 질렀다.

"너 힘들어서 어떡하냐? 밥은 먹지 말고 장어만 먹어. 이게 고단백 식품이라 너 같은 환자에겐 최고란다."

친구는 장어구이 2인분을 내 배 속에 다 집어넣으려 작정을 한 모양이다. 딱 거기까지였으면 나는 무지막지한 감동을 받았을 것이다. 그러나 결국 실체를 드러내고야 말았다.

"영희야! 맹장수술하고는 비교도 안 되는 큰 수술인디 너 아퍼서 어쩌냐? 근데 참 다행인 게 한 가지 있다."

혹 숨겨진 행운이 내게 있나 싶어 "뭔데?" 하고 되물었다.

"그 아픔을 견디어야 하는 사람이 내가 아니고 너라는 것이 정말 다행이랑게."

잉? 뭐시라고?? 그럼 그렇지. 네가 그래서 늘 웬수라는 소리를 듣는 거다. 몇 번을 되풀이하며 아픔을 겪는 사람이 지가 아닌 나라는 게 천만다행이라 말하는 그녀. 지난날 당한 것에 대한 복수혈전이라는 데 할 말이 없다.

재작년인가 웬수가 맹장수술을 받았었다. 주사라면 기겁을 하는 겁보라 수술해야 한다는 만성 맹장 진단을 받고도 무려 두 달을 버티고 또 버텼다. 복막염으로 넘어가기 직전에 배를 열어보니 맹장과 연결된 장에까지 손상이 갔더란다. 맹장을 떼어냄은 물론 염증으로 상한 장을 잘라내야만 했던 웬수. 저녁 늦게 응급수술을 받았음을, 다음날 다 죽어가는 목소리로 알려줬다. 부랴부랴 목사님께 연락하여 병원을 찾았다. 깐에는 힘들었는지 얼굴이 하루 밤새 수척해져 있고 무통주사를 맞는데도 배가 아프단다. 이때부터 본격적인 나의 활약이 시작되었다.

개복하고 다시 꿰맨 상처로 인해 배가 땅기고 아프다는 친구를 얼마나 웃겨놨던지 웃지도 못하는 그녀는 배를 싸쥐고 숫제 흐느끼는 소리를 냈다.

"흐~! 흐~! 배! 아! 퍼! 웃! 기! 지! 마!"

웬수가 어렵사리 말을 마치자 곧바로 튀어나온 몰지각한 나의 언어,

"야! 네 배 아프지 내 배 아픈 거 아닝게 내 알 바 없어. 그라고 인간아, 맘 좀 곱게 써라. 어떡하면 맹장은 그만두고 장이 썩냐? 이제 보니 숫제 썩은 년이잖아?"

우리 모두는 배꼽 빠지게 웃는데, 웬수는 웃는지 우는지 구별하기 어려운 묘한 신음소리만 냈다. 집 가까운 병원이니 참새 방앗간 드나들듯 병원을 드나드는데, 내 모습만 보이면 공포감을 느끼며 저도 모르게 손이 배 위로 갔다나? 아무 말 안 하고 소파에 드러누워 있는데도 지 혼자 터지는 웃음에 요상한 신음소리만 냈던 그녀. 나 땜에 속이 다 썩어 문드러져 맹장은 물론 장까지 상했다고 덤비는데 할 말이 없었다.

세상에나 그게 언제 적 일인데 여태 안 잊어버리고 끝내 내게 복수를 하다니……. 지가 그러고도 친구여??

잘난 며느리

친구가 제 시엄마의 추도 1주기라고 무척이나 바쁜 시늉을 했다. 친구의 시어머니는 만성 신부전증으로 일주일에 세 번씩 투석을 받으며 15년을 투병하다가, 칠십을 맞던 해에 하늘나라로 가셨다. 본인 나름대로 보낸 투병의 세월이 고통스러웠던 거야 말할 필요도 없겠지만 그래도 복 있는 분이라고 할 수 있다. 이 웬수가 나한테나 오만 강짜를 다 부렸지 저그 시어머니께는 끔찍한 효부였으니 그분의 복이라 아니할 수 없다.

"야! 내가 말여. 울 시어머니 제삿날을 잘못 알았어야."

잉? 시어머니 제삿날을 잘못 알았다니??

"토요일이 아니고 그 다음날이드랑게."

아니, 다른 식구들, 특히나 그 어머니의 큰아들인 친구 신랑은 뭐하고 계셨기에, 어머니 추도 1주기 날짜를 잘못짚었단 말이여??

토요일이 추도식이라고 말하니 시누들이,

"언니~ 그날 아니고 그 다음날인디?" 라고 말하더란다.

"아녀! 토요일이 맞당게. 어떻게 딸이 되어가지고 엄마 추도식 날짜도 모르냐?"

평소에 식구들에게 얼마나 포악을 떨었으면 다들 고개를 갸웃거리면서도 토요일에 모여들더라나?

"당신이 잘못 알고 있는 거 아녀?"

여전히 미심쩍은 마음을 접지 못하는 신랑을 향하여 그냥 떠도 큰 눈을 더 크게 뜨며 기를 죽였단다. 보아하니 이미 뒤집을 상황이 못

되는 걸 눈치 챈 시동생은 말없이 빙그레 웃기만 하더란다.

그렇게 1주기 추도식을 마친 친구, 1주일이 지난 후 스스로도 고개가 갸웃거려지더란다. 그리하여 시어머니의 사망진단서를 찾아서 날짜를 확인해보았다. 아뿔싸! 참말로 잘못짚었던 것이다. 그렇다고 이미 치른 추도식을 다시 치를 수도 없고, 이제 와서 제가 날짜를 잘못 알았다고 광고를 내기도 뭐하더란다. 석고대죄를 해도 션찮은 마당에 철판 깔고 모른 척 밀어붙인단다. 그러고도 큰소리치는 너!! 잘났다!!

죽으면 늙어야지

내가 메누리를 본다는 것에 대해 친구들이나 형제들이 받은 충격이 만만치가 않았다. 사위를 본 친구가 몇이 있긴 하지만 며느리를 보는 건 내가 처음이다. 나의 웬수도 충격을 먹은 탓인지 내 나이가 징그럽다는 둥 오만 소리를 해댄다.

"야! 내가 정신 보따리 빠진 짓 한 거 보니까 우리가 메누리 볼 나이인 거는 맞는 갑다."

"와? 너 또 뭔 사고 쳤는디?"

그리하여 죽으면 늙을 나이인 웬수가 저지른 사건 사고에 대해 풀어 보기로 한다.

무르익은 은행냄새가 가을을 진동시키는 어느 날, 위층에 사는 분이 커다란 비닐봉지에 은행을 가득 담아 가지고 왔더란다. 고맙다는 말을 하고 은행봉지를 김치냉장고 위에 던져 놓았다. 그리고 등을 돌리는 순간 웬수의 뇌리에서 은행에 대한 모든 생각이나 기억은 깨끗이 지워졌다.

며칠 전, 엘리베이터를 타려는데 위층여자가 어디에선가 가지고 온 김치 박스를 나르고 있더란다. 웬수는 위층여자의 김치 박스를 같이 날라주었다. 집에 들어와 옷을 갈아입는데 위층여자가 벨을 눌렀다.

"김치 맛 좀 보시라고 가져왔어요. 통을 써야 하니까 지금 비워 주시면 좋겠는데요."

웬수는 통을 비워서 갖다 주마 하곤 위층여자를 올려 보냈다. 김치를 옮기고, 통을 씻으며 웬수는 고민에 빠졌다.

'김치를 저리 많이 줬는데 빈 통을 갖다 줄 순 없고 뭘 담아 줘야 지?'

고민 고민 하는데 김치냉장고 위에 커다란 은행봉지가 눈에 들어왔다. 누가 준 은행인지 전혀 생각을 못하는 띨띨한 웬수는 받았던 봉지 그대로를 박스에 담아 위층으로 향했다. 벨을 누르니 그 집 신랑이 문을 열더란다.

"빈 통으로 가져오기 뭐해서 은행을 좀 담아 왔어요."

거저 얻어먹지 않고 무언가를 줄 수 있어서 웬수는 기분이 엄청 좋았다.

내 아들 녀석의 결혼식을 이삼일 남겨놓은 날이라던가? 새벽녘에 눈이 떠진 웬수의 뇌리에 갑자기 은행의 행적이 선명하게 똬리를 틀었다. 받은 선물을 포장도 뜯지 않고 돌려보낸 꼴이 되었으니, 이 기가 막힌 실수를 어떻게 해결해야 할지 난감하기만 했다. 새벽잠을 고스란히 도둑맞으며 내린 실수 만회작전은 다름 아닌 남편 팔아먹기! '김치 통을 씻으며 고민하던 말을 들은 남편이. 웬수가 화장실을 간 사이에 누가 보낸 은행인지 모르고 그걸 빈 통에 넣었다. 웬수는 아무 잘못이 없고 남편이 담아준 은행을 배달만 하였었다.' 는 참 말이 안되는 작전이었다.

날이 밝자 부리나케 가게에 달려가 과일을 사서 위층남자가 출근했을 시간을 기다려 위층으로 올라갔다. 벨을 눌렀더니 또 그 집 남편이 문을 열었다. 실수를 만회하기 위한 피나는 거짓말 앞에서 웬수는 진땀을 흘리며 쩔쩔 매었다.

"저기요. 그게 어케 된 거냐면요, 긍게로 우리 남편이 어~~ 은행을 통에 담았는디, 그것이 뭐시냐면, 어~~~ 그러니까 제가 그걸 모르고…. 암튼 죄송해요."

도무지 연결이 안 되는 말을 늘어놓으며 얼굴까지 벌개져서 변명을 해대는 웬수를 위층남자는 빙그레 웃으며 바라보더란다. 그 표정은 웬수의 실수와 거짓말을 훤히 눈치 챘음을 말하고 있는 것 같더라나?

"잠깐 기다리세요. 은행 찾아올게요."

"아, 아, 아녀요. 됐어요. 저 갈게요."

계단을 한꺼번에 두 서너 개씩 밟아내려 온 것은 행여 위층여자를 만날 경우 같은 변명을 또 해야 할 상황이 두려웠던 것이다.

'에라이~! 모르겠다. 될 대로 되라. 한 달만 지나고 남편에게 자수해야지.'

안도의 숨을 내쉬려는 찰나 벨이 울리며 모니터에 위층여자 얼굴이 보였다. 진땀나는 상황을 피하고 싶어 집에 없는 척하고 싶었지만 지은 죄를 아는 터라 발이 저절로 대문을 향했다. 위층여자는 돌려보냈던 은행봉지를 그 모습 그대로 들고 서 있었다.

"은행을 안 좋아 하시는 줄 알았어요."

"절대 그건 아니에요. 남편이 천식이 있어서 은행을 얼마나 잘 먹는다고요."

어이없는 실수를 해결할 방법을 찾아 전전긍긍하던 웬수는 멀쩡한 저그 신랑을 천식환자로 만들어 버렸다.

어떻게 그런 실수를 했느냐는 내 말에 친구는 벌컥 짜증을 낸다.

"황당한 실수 앞에서 짜증나 죽을 뻔했다. 나 이러다가 나중에 신랑도 누구 줘버리는 것 아닌가 몰라."

"은행이야 구워 먹고 볶아도 먹지만, 폐기물 수준인 너그 신랑을 실수로 누굴 준다면 받는 사람 기분이 얼마나 더럽겠니? 혹 재수 없이 그 폐기물이 우리 집으로 배달될까 싶으니 너 제발 조심 좀 하고 살아다오. 부탁이다."

패션만 아깝지

 남편의 친구이면서, 친구의 남편인 남자. 얽히고설킨 관계를 기념하는 의미로 오늘은 친구 남편, 아니 남편 친구에 관한 사건을 짚어보려고 한다. 남편 친구는 대단한 멋쟁이과에 속한다. 남편의 친구보다 내 친구가 더 멋쟁이라, 저그 남편을 그리 만들었다는 게 옳을 것 같다.

 친구 부부는 동생네 부부랑 대천 해수욕장에 바람을 쐬러 갔었다. 모처럼 나들이를 하면서 친구는 남편을 젊게 보이게 하려고 코디에 최선을 다했다. 청바지에 보라색 티를 입히고, 젊은 애들이 쓰는 모자까지 머리에 얹어주었다. 처음에는 싫다고 도리질을 하던 남자도 변신한 자신의 모습에 상당히 만족하였다.

 해수욕장에 있는 근사한 식당에 들어가 점심을 먹은 국민들. 남편의 친구는 슬쩍 일어나 점심값을 계산하고 자리에 앉았다. 잠시 후 화장실에 간다고 일어선 동서가 밥값을 계산하려고 갔다가 돌아왔다. 그런데 돌아와 앉는 동서는 뭐가 그리 우스운지 계속 킥킥대며 웃음을 멈추질 못했다. 뭔 일이냐고 다그치니 손아랫동서가 카운터에서 들은 이야기를 털어놓았다.

"계산을 하려고 했더니요. 카운터를 보시는 아줌마가, 좀 전에 할아버지께서 계산 다 하셨다고 하네요."

아! 이 무슨 비극의 말이란 말인가? 젊게 보이려고 청바지에 보라색 티에 모자까지 얹어 놨는데 할아버지라니…… 기가 막힌 남편 친구는 아줌마 눈이 삔 모양이라고 말했단다. 에구! 결국 패션만 아깝게 되었지. 철수 씨가 그리 입었다면 '좀 전에 총각이 다 계산했는데요.'라고 할 것인데……

에필로그

　류머티즘과 동행했던 지난 28년을 다시 살라면 나는 차라리 죽음을 택한다고 서슴없이 말하곤 했다. 28년 동안 겪어온 고통과 눈물과 외로움을 견딜 자신이 없다. '발칙한 행복' 원고를 준비하며 문득 굳이 못 살아 낼 것도 없다는 생각이 들었다. 고통의 무게만큼, 웃음과 행복이 같이 했음을 발견한 것이다.

　행복의 설계도를 그리기도 전인 스물여섯 살에 찾아온 류머티즘 그리고 열두 번의 수술과 1급 지체 장애. 왜 하필 나여야 하느냐는 지독한 몸부림은 차마 죽지 못해 사는 날들로 이어졌다. 그런데 쉰이라는 고갯마루에 올라 뒤를 돌아보니, 질병과 장애는 삶의 방해물이 아닌 축복의 통로며 새로운 삶을 향한 기회였음을 깨닫게 된다.

　이 땅의 모든 수필작가를 통틀어 내 수준을 평한다면 나는 참으로 별볼일 없는 작가에 불과하다. 류머티즘이라는 감옥에 갇혀 살기에 새로운 시각과 사색의 시간을 갖게 되었고, 장애가 있기에 장애인작가로서 주목을 받으며, 장애인복지 일을 하고, 방송을 타고 많은 상을 받을 수 있었다.

2010년 '장애인근로자문화제'의 '금상' 소식은 '발칙한 행복'의 저자 교정본을 받던 날 전해졌다. 장애가 또 한 번 나를 웃게 해주었다. 오래 전, 대한민국장애인문학상도 그렇고 장애인재활사례수기공모도 그렇다. 장애가 있었기에 그 귀한 자리에 내 이름 석 자를 올린 것이다.

사람과의 관계도 그러하다. 부족한 건강이 있기에 더 많은 보살핌과 관심을 받는다. 부족하기에 여러모로 특혜를 누리고 살아간다. 여성과 장애라는 이중고를 안고 살아가는 이 땅의 모든 여성장애인이 내가 누리는 특혜를 똑같이 누렸으면 좋겠다. 아프기에 그리고 장애가 있기에 오히려 행복한 삶이라는 특혜 말이다.

내 삶을 지배하며 늘 의연한 웃음을 예비하신 하나님과 그 웃음에 기꺼이 동참해 주는 이웃과 친구들에게 진한 사랑을 고백해 본다. 한국여성장애인연합과 속한 모든 지부와 회원단체의 여성장애인들에게는 파이팅을 외쳐보며, '발칙한 행복'을 위해 수고한 에세이퍼블리싱 모든 가족들에게 평안의 인사를 올린다.